Приданое

契诃夫小说选集

А. ЧЕХОВ

嫁妆集

〔俄〕契诃夫 著

汝龙 译

人民文学出版社
PEOPLE'S LITERATURE PUBLISHING HOUSE

图书在版编目（CIP）数据

契诃夫小说选集. 嫁妆集/（俄罗斯）契诃夫著；汝龙译. —北京：人民文学出版社，2021
ISBN 978-7-02-012929-4

Ⅰ. ①契… Ⅱ. ①契…②汝… Ⅲ. ①短篇小说—小说集—俄罗斯—近代 Ⅳ. ①I512.44

中国版本图书馆 CIP 数据核字（2017）第 136031 号

策划编辑　张福生
责任编辑　李丹丹
装帧设计　刘　静
责任印制　王重艺

出版发行	人民文学出版社
社　　址	北京市朝内大街 166 号
邮政编码	100705
网　　址	http://www.rw-cn.com
印　　刷	三河市博文印刷有限公司
经　　销	全国新华书店等
字　　数	90 千字
开　　本	787 毫米×1092 毫米　1/32
印　　张	7.375
印　　数	1—3000
版　　次	2021 年 4 月北京第 1 版
印　　次	2021 年 4 月第 1 次印刷
书　　号	978-7-02-012929-4
定　　价	30.00 元

如有印装质量问题，请与本社图书销售中心调换。电话：010-65233595

目　　次

嫁妆 ·················· 1

太太 ·················· 13

天才 ·················· 27

查问 ·················· 37

匿名氏故事 ············· 43

她的丈夫 ··············· 205

在别墅里 ··············· 217

嫁　妆

有生以来我见过很多房子,大的、小的、砖砌的、木头造的、旧的、新的,可是有一所房子特别生动地保留在我的记忆里。不过这不是一幢大房子,而是一所小房子。这是很小的平房,有三个窗子,活像一个老太婆,矮小,伛偻,头上戴着包发帽。小房子以及它的白灰墙、瓦房顶和灰泥脱落的烟囱,全都隐藏在苍翠的树林里,夹在目前房主人的祖父和曾祖父所栽种的桑树、槐树、杨树当中。那所小房子在苍翠的树林外边是看不见的。然而这一大片绿树林却没有妨碍它成为城里的小房子。它那辽阔的院子跟其他同样辽阔苍翠的院子连成一排,形成莫斯科街的一部分。这条街上从来也没有什么人坐着马车路过,行人也稀少。

小房子的百叶窗经常关着:房子里的人不需要亮光。亮光对他们没有用处。窗子从没敞开过,因为住在房子里的人不喜欢新鲜空气。经常居住在桑树、槐树、牛蒡当中的人,对自然界是冷淡的。只有别墅的住客们,上帝才赐给了理解自然界美丽的能力,至于其他的人,对这种美丽却全不理会。无论什么东西,只要有很多,就不为人们所看重。"我们拥有的东西,我们就不珍惜"。其实还不止于此:我们拥有的东西,我们反而不喜欢呢。小房子四周是人间天堂,树木葱茏,栖息着快乐的鸟雀,可是小房子里面,唉!夏天又热又闷,冬天像澡堂里那样热气腾腾,有煤气味,而且乏味,乏味得很。……

我头一次访问小房子是很久以前为办一件事而去

的:房主人是契卡玛索夫上校,他托我到那儿去探望他的妻子和女儿。那第一次访问,我记得很清楚。而且,要忘记是不可能的。

请您想象一下当时的情景:您从穿堂走进大厅的时候,一个矮小虚胖、四十岁左右的女人带着恐慌和惊愕的神情瞧着您。您是"生人",客人,"年轻人",这就足以使得她惊愕和恐慌了。您手里既没有短锤,也没有斧子,更没有手枪,您满面春风地微笑,可是迎接您的却是惊恐。

"请问,您贵姓?"上了年纪的女人用颤抖的声音问您说,而您认出她就是女主人契卡玛索娃。

您说出您的姓名,讲明您的来意。惊愕和恐惧就换成尖细而快活的"啊"的一声喊,她的眼珠不住往上翻。这"啊"的一声喊,像回声一样,从穿堂传到大厅,从大厅传到客厅,从客厅传到厨房……连续不断,一直传到地窖里。不久,整所房子都充满各种声调的、快活的"啊"。过了五分钟光景,您坐在客厅里一张又软又热的大长沙发上,听见"啊"声已经走出大门,顺着莫斯科街响下去了。

房间里弥漫着除虫粉和新羊皮鞋的气味,皮鞋就放在我身旁的椅子上,用头巾包着。窗台上放着天竺葵和薄纱的女人衣服。衣服上停着吃饱的苍蝇。墙上挂着某主教的油画像,镜框玻璃的一角已经破裂。主教像旁边,是一排祖先们的肖像,一律生着茨冈人的柠檬色脸庞。桌上有一个顶针、一团线和一只没有织完的袜子。地板上放着纸样和一件针脚很粗的黑色女上衣。隔壁房间里有两个惊恐慌张的老太婆,正从地板上拾起纸样和一块块裁衣用的画粉。……

"我们这儿,请您原谅,凌乱得很!"契卡玛索娃说。

契卡玛索娃一边跟我谈话,一边困窘地斜起眼睛看房门,房门里的人们还在忙着收拾纸样。房门也似乎在发窘,时而微微启开,时而又关上了。

"喂,你有什么事?"契卡玛索娃对着房门说。

嫁 妆 集

"我父亲从库尔斯克寄给我的那个领结在哪儿?"①房门里面有个女人的声音问。

"啊,难道,玛丽雅,难道……②……唉,难道可以……现在我们这儿有一个我们不大熟识的人。③……你问露凯丽雅吧。……"

"瞧,我们的法国话说得多么好!"我在契卡玛索娃的眼睛里读到这样的话。她高兴得满脸通红。

不一会儿房门开了,我看见一个又高又瘦的姑娘,年纪十九岁左右,身穿薄纱的长连衣裙,腰间系着金黄色皮带,我还记得腰带上挂着一把珍珠母扇子。她走进来,行个屈膝礼,脸红了。先是她那点缀着几颗碎麻子的长鼻子红起来,然后从鼻子红到眼睛那儿,再从眼睛红到鬓角那儿。

"这是我的女儿!"契卡玛索娃用唱歌般的声音说,"这个年轻人,玛涅琪卡④,就是……"

---

①②③　原文为法语。
④　玛丽雅的爱称。

我介绍我自己,然后我对这里纸样之多表示惊讶。母女俩都垂下眼睛。

"耶稣升天节①,我们此地有一个大市集,"母亲说,"在市集上我们总是买些衣料,然后做整整一年的针线活,直到下个市集为止。我们的衣服从不交给外人去做。我的彼得·谢敏内奇挣的钱不算特别多,我们不能容许自己大手大脚。那就只得自己做了。"

"可是谁要穿这么多的衣服呢?这儿只有你们两个人啊。"

"嗨……难道这是现在穿的?这不是现在穿的!这是嫁妆!"

"哎呀,妈妈,您在说些什么呀?!"女儿说,脸上泛起红晕。"这位先生真会这样想了。……我绝不出嫁!绝不!"

她说着这些话,可是说到"出嫁"两个字,她的眼

---

① 基督教节日,在复活节后第四十日。

睛亮了。

她们端来茶、糖、果酱、黄油,然后她们又请我吃加鲜奶油的马林果。傍晚七点钟开晚饭,有六道菜之多。吃晚饭的时候,我听见很响的哈欠声,有人在隔壁房间里大声打哈欠。我惊讶地瞧着房门:只有男人才那样打哈欠呢。

"这是彼得·谢敏内奇的弟弟叶果尔·谢敏内奇……"契卡玛索娃发现我吃惊,就解释说,"他从去年起就住在我们这儿。您要原谅他,他不能出来见您。他简直是个野人……见着生人就难为情。……他打算进修道院去。……他原来做官,后来受人家的气。……所以他挺伤心。……"

晚饭后,契卡玛索娃把叶果尔·谢敏内奇亲手刺绣、准备日后献给教会的一条圣带①拿给我看。玛涅琪卡一时也丢开羞怯,把她为爸爸刺绣的一个烟荷包

---

① 神父圣衣的一部分,戴颈上,垂在胸前,绣有十字架。

拿给我看。等到我露出赞叹她的活计的样子,她就脸红了,凑着母亲的耳朵小声说了几句话。母亲顿时容光焕发,邀我跟她一块儿到储藏室里走一趟。在储藏室里,我看见五口大箱子和许多小箱子、小盒子。

"这……就是嫁妆!"母亲对我小声说,"这些衣服都是我们自己做的。"

我看了看那些阴沉的箱子,就开始向两个殷勤好客的女主人告辞。她们要我答应日后有空再到她们家里来。

这个诺言,一直到我初次访问过了七年以后,我才有机会履行。这一回我奉命到这个小城里来,在一个讼案中充当鉴定人。我走进我熟悉的那所小房子,又听见"啊"的一声喊。……她们认出我来了。……当然了!我的头一次访问,在她们的生活里成了十足的大事,凡是很少出大事的地方,大事就记得牢。我走进客厅里,看见母亲长得越发胖了,头发已经花白,正在地板上爬来爬去,裁一块蓝色衣料。女儿坐在长沙发上刺绣。这里仍旧有纸样,仍旧有除虫粉气味,仍旧有那幅画像和残破一角的镜框。不过变化还是有的。主教像旁边挂着彼得·谢敏内奇的肖像,两个女人都穿着丧服。彼得·谢敏内奇是在提升为将军后过一个星期去世的。

回忆开始。……将军夫人哭了。

"我们遭到很大的不幸!"她说,"彼得·谢敏内奇……您知道吗?……已经不在人世了。我和她成了孤儿寡母,只得自己照料自己了。叶果尔·谢敏内奇还活着,不过关于他,我们没有什么好话可说。修道院不肯收他,因为……因为他好喝酒。现在他由于伤心而喝得越发厉害了。我打算到首席贵族那儿去一趟,想告他的状。说来您也不信,他有好几次打开箱子……拿走玛涅琪卡的嫁妆,送给他那些朝圣的香客。有两口箱子已经全拿空了!要是这种情形继续下去,那我的玛涅琪卡的嫁妆就会一点也不剩了。……"

"您在说什么呀,妈妈!"玛涅琪卡说,发窘了,"这位先生真不知道会想到哪儿去呢。……我绝不出嫁,绝不出嫁!"

玛涅琪卡抬起眼睛来,兴奋而又带着希望,瞧着天花板,看来她不相信她说的话。

一个矮小的男人身影往穿堂那边溜过去,他头顶秃一大块,穿着棕色上衣,脚上穿的是套鞋而不是皮靴。他像耗子那样塞塞窣窣地溜过去,不见了。

"这人大概就是叶果尔·谢敏内奇吧。"我暗想。

我瞧着她们母女俩:两个人都苍老消瘦得厉害。母亲满头闪着银白的光辉。女儿憔悴,萎靡不振,看样子,母亲似乎比女儿至多大五岁光景。

"我打算到首席贵族那儿去一趟,"老太婆对我说,却忘记这话她已经说过了,"我想告状!叶果尔·谢敏内奇把我们缝的衣服统统拿走,为拯救他的灵魂而不知送给什么人了。我的玛涅琪卡就要没有嫁妆了!"

玛涅琪卡涨红脸,可是这一回却什么话也没说。

"衣服我们只好重新再做,可是话说回来,上帝知道,我们不是阔人!我和她是孤儿寡母啊!"

"我们是孤儿寡母!"玛涅琪卡也说一遍。

去年,命运又驱使我到我熟悉的那所小房子去。我走进客厅,看见老太婆契卡玛索娃。她穿一身黑衣服,戴着丧带①,坐在长沙发上做针线活。跟她并排坐着的,是个小老头,穿着棕色上衣,脚上蹬着套鞋而不是皮靴。小老头看见我,就跳起来,从客厅里一溜烟跑出去了。……

为了回答我的问候,老太婆微微一笑,说:

"我现在又见到您,很高兴,先生。"②

"您在缝什么?"过一会儿,我问。

"这是女衬衫。我做好,就送到神甫那儿去,托他代我保管,要不然,叶果尔·谢敏内奇就会把它拿走。我现在把所有的东西都交托神甫保管了。"她小声说。

---

① 缀在衣服袖子或领子上的条带。
② 原文为法语。

她面前桌子上放着女儿的照片,她看一眼照片,叹口气说:

"要知道我成了孤魂!"

那么她女儿在哪儿呢?玛涅琪卡在哪儿呢?我没问一身重孝的老太婆,我不想问。不论是我在这所小房子里坐着,还是后来我站起来告辞的时候,玛涅琪卡都没走出来见我,我既没听见她的说话声,也没听见她那轻微胆怯的脚步声。……一切都明明白白,于是我的心头感到沉重极了。

太　太

"我请求过您不要收拾我的桌子,"尼古拉·叶甫格拉菲奇说,"您收拾过后,就什么东西都休想找得着。那张电报在哪儿呢?您把它扔到哪儿去了?麻烦您找一找。电报是从喀山打来的,写着昨天的日子。"

使女脸色苍白,长得很瘦,带着淡漠的脸容,在桌子底下字纸篓里找到几张电报,默默地把它们递给医生,可是那些都是本城的电报,由病人打来的。随后他们到会客室去找,又到奥尔迦·德米特利耶芙娜的房间里去找。

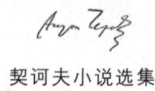
契诃夫小说选集

这时候已经是夜里十二点多钟了。尼古拉·叶甫格拉菲奇知道他妻子一时不会回家,至少要到早晨五点钟左右才回来。他不相信她,每逢她很久不回来,他总是睡不着,苦恼,同时看不起他的妻子,看不起她的床,看不起那面镜子,看不起她那精美的糖果盒,看不起每天总有人送给她并且弄得整个房子里弥漫着花店的浓香的那些铃兰和风信子。在这样的夜晚,他总是变得小气,任性,吹毛求疵,现在他就十分需要昨天他弟弟打来的电报,其实这个电报除了庆贺节日以外,没有什么特别的内容。

在他妻子的房间里,他在桌子上一个信笺盒下面找到一份电报,匆匆看了一眼。电报是由一个署名米谢尔①的人从蒙特卡洛打给他的岳母,要她转给奥尔迦·德米特利耶芙娜的。……那电文医生一个字也看不懂,因为用的是外国文字,大概是英文吧。

---

① 原文为法文。

"这个米谢尔是谁?为什么从蒙特卡洛打电报来?为什么打给我的岳母?"

他在七年来的婚姻生活当中已经习惯于怀疑,猜测,抓住罪证。他不止一次地想到,由于这种家庭里的训练,他现在可以做一名出色的暗探了。他走到书房里,开始思考,立刻想起一年半以前他跟妻子一块儿到彼得堡,跟现在担任交通局工程师的中学同学一块儿在久勃饭店里吃早饭,这位工程师给他和他妻子介绍一个二十二三岁的年轻人,名字叫米哈依尔·伊凡内奇,姓很短,而且有点怪:利斯①。过了两个月,医生在他妻子的照片簿上看见这个年轻人的照片,照片上有法文的题词:"纪念现在,希望将来。"后来他有两次在他岳母家里见到他本人。……这正好发生在那样一段时期:他妻子开始常常出门,要到早晨四五点钟才回到家里,老是要求他替她办理出国护照,可是他回绝她,

---

① "利斯"的俄文原文为рис,是"大米"的意思。

于是他们家便整日里发生很厉害的口角,弄得他见到仆人都觉得难为情。

半年前医生的同事诊断他得了肺病,劝他丢开一切,到克里米亚去。奥尔迦·德米特利耶芙娜听到这个消息,装出很惊恐的样子。她开始跟丈夫亲热,反复说明克里米亚又冷又乏味,最好到尼斯①去,又说她要一块儿去,在那儿照料他,看护他,爱抚他。……

现在他才明白他妻子为什么单单想到尼斯去,原来她的米谢尔就住在蒙特卡洛。

他拿过英俄字典来,翻译电文里的词,揣测那些词的含义,渐渐凑成这样的句子:"为我亲爱的情人的健康干杯,一千次吻她的小脚。急盼来临。"他暗自想象,假如他同意跟他妻子一块儿到尼斯去,他就会扮演一种多么滑稽而可怜的角色。他气得差点哭出来,十分激动地在各个房间里走来走去。他的自尊心,他的

---

① 法国滨海的一个疗养地。

平民的反感,在他心里翻腾起来。他憎恶得握紧拳头,皱起眉头,问他自己:他,一个乡村教士的儿子,一个受过宗教学校教育的学生,一个直心肠的、粗鲁的、以外科医生为业的人,怎么会甘愿当这个软弱的、无聊的、出卖灵魂的、下流的人的奴隶,那么丢脸地受这个人的辖制?

"小脚!"他揉皱那张电报,嘟哝说,"小脚!"

自从他爱上她,向她求婚,随后跟她共同生活七年以来,在他的回忆里留下的就只有一头香喷喷的长发,一团柔软的花边,一双确实很小很美的脚。直到现在,他的手上和脸上似乎还保留着从旧日的拥抱中留下的丝绸和花边的感觉,别的就什么也没有了。要是不算上发癔症、尖叫、责难、威胁、老脸皮的和负心的谎话,那就真的再也没有什么别的了。……他记起从前在乡下他父亲的家里,往往会有一只鸟无意中从院子里飞进屋里来,开始猛烈地撞击玻璃,打翻各种物件,如今这个女人也是从一个他完全陌生的圈子里飞进他的生活,把他的生活搅得乱七八糟。他一生中最好的岁月像在地狱里那样度过,幸福的希望破灭了,受到了嘲弄,他的健康丧失了,他的各个房间里满是庸俗的、妓院般的摆设。他每年挣一万卢布,却无论如何也抽不出哪怕十个卢布来汇给他的身为教士妻子的母亲,而且已经欠下一万五千卢布的债务,立了借据。看来,即使他家里住上一伙强盗,他的生活也不致像目前这样,因为有了这个女人而变得这么令人绝望,这么不可救药地残破。

他咳嗽起来,不住地喘气。应该躺到床上去,暖和一下才对,可是他做不到,仍旧在各个房间里走来走去,或者挨着桌子坐下,拿起一管铅笔烦躁地在纸上画着,信手写道:

"试笔。……小脚。……"

将近五点钟,他浑身衰弱,把一切罪责都加在自己一个人身上了。这时候他觉得,假如奥尔迦·德米特利耶芙娜嫁给另外一个人,而那个人能够对她产生良好的影响,那么,谁知道呢,说不定最后她会成为一个善良、诚实的女人;而他呢,却摸不透别人的心理,不懂得女人的心,况且他又不招人喜欢,粗鲁。……

"我的寿命已经不长了,"他想,"我是个死人了,不应该妨碍活人。现在,实际上,再坚持我的某些权利,未免古怪而愚蠢。我索性跟她说穿,让她到她心爱的人那儿去好了。……我跟她离婚吧,由我来承担罪名就是。"

奥尔迦·德米特利耶芙娜终于回来了,照她原来的打扮,穿着白斗篷,戴着帽子,穿着套鞋,走进他的书房里来,往圈椅上一坐。

"那个讨厌的胖孩子,"她说,呼呼地喘气,哭出来了,"简直不老实,真可恶,"她说,跺一下脚,"我受不了,受不了,受不了!"

"什么事啊?"尼古拉·叶甫格拉菲奇问,朝她走去。

"刚才大学生阿扎尔别科夫送我回家,把我的手提包弄丢了,手提包里有十五个卢布呢。这钱是我在我妈那儿拿的。"

她哭得挺伤心,像个小姑娘一样,不但她的手绢,就连她的手套也给泪水沾湿了。

"那有什么办法呢!"医生叹道,"丢了就丢了,别去管它了。你安静一下,我有话要跟你说。"

"我又不是财主,能够这么不在乎钱。他说他会还我钱,可是我不相信,他穷。……"

她的丈夫请求她安静下来,听他讲话,可是她不住地说那个大学生,说她丢掉的那十五个卢布。

"哎,明天我给你二十五个卢布就是,只求你别再说了,劳驾!"他生气地说。

"我得换掉衣服啊!"她哭着说,"要是我穿着皮大衣,我就不能严肃地讲话! 你也真是古怪!"

他帮她脱掉皮大衣和套鞋,同时闻到白葡萄酒的气味,她吃牡蛎的时候总爱喝这种酒(尽管她生得娇小,却吃得很多,喝得也不少)。她到她的房间去了,过不多久就走回来,已经换好衣服,扑了粉,眼睛上带着泪痕,坐下来,整个身子裹在她那件单薄的、镶着花边的、宽大的长外衣里。在一大堆粉红色的波纹当中,她丈夫只看得见她蓬松的头发和穿着拖鞋的小脚。

"你想谈什么呢?"她问,在圈椅上摇晃着身子。

"喏,我无意中看到了这个……"医生把电报递给她,说。

她看完电报,耸了耸肩膀。

"这有什么呢?"她说,身子摇晃得更厉害了,"这是普通的新年贺电,没有别的意思。这里面没有什么秘密。"

"你料着我看不懂英文。不错,我不懂英文,可是我有字典。这是利斯打来的电报,他为他的情人的健康干杯,吻你一千次。可是,不谈这些,不谈这些吧……"医生匆匆地接着说,"我根本不打算责备你,或者吵一架。吵架也好,责备也好,都闹得够了,现在也该结束了。……我想对你说的是这个:你现在自由了,你想怎么生活就可以怎么生活了。"

他们沉默了一会儿。她轻声哭起来。

"我让你此后不必再作假和说谎了,"尼古拉·叶甫格拉菲奇接着说,"要是你爱这个年轻人,你管自去爱,要是你想到国外去找他,你也管自去找。你年轻,健康,我呢,已经成了残废人,活不长了。一句话……你明白我的意思。"

他心情激动,讲不下去了。奥尔迦·德米特利耶芙娜哭着,用一种自己怜惜自己的口气承认她爱利斯,常跟他一块儿坐车出城去兜风,常到他的旅馆房间去,她目前也确实很想到国外去。

"你看,我什么也没有隐瞒,"她叹了一口气,说,"我的整个灵魂都敞开了。我再一次要求你,请你宽宏大量,给我办个护照!"

"我再说一遍:你现在自由了。"

她换了个位子,坐得离他近一点,好看清他脸上的神情。她不信他的话,现在想弄明白他暗藏在心里的想法。她从没相信过任何人,不管别人的意图多么高尚,她总是怀疑其中含着什么卑鄙恶劣的动机和利己主义的目的。她用探索的目光端详着他的脸,他觉得她的眼睛似乎像猫眼睛那样闪着绿色的亮光。

"那我什么时候才能拿到护照呢?"她轻声问道。

他忽然想说一声"办不到",可是他忍住了,说:

"随你规定好了。"

"我只去一个月。"

"你到利斯那儿去,可以从此不回来。我会跟你离婚,而且由我承担罪名,那么利斯就能跟你结婚了。"

"可是我根本不打算离婚!"奥尔迦·德米特利耶芙娜很快地说,做出惊讶的脸容,"我并没有要求跟你离婚! 给我护照,别的什么也不要。"

"可是你为什么不打算离婚呢?"医生问,开始生气了,"你是个奇怪的女人。你多么奇怪啊! 要是你真正迷恋他,而他也爱你,那么,在你们这种情况下,最好就结婚。难道你还要在结婚和私通中间有所选择吗?"

"我明白您的意思,"她说,从他面前走开,她的脸现出恶狠狠的报复神情,"我非常了解您。您讨厌我了,您纯粹是想甩掉我,才硬要我离婚。多谢多谢,我可不是您想象的那种傻瓜。离婚我可不干,我不离开您,不离开,不离开!第一,我不愿意失掉我的社会地位,"她很快地说下去,仿佛生怕人家不容她多说似的,"第二,我已经二十七岁,利斯却只有二十三岁;过上一年他就会嫌弃我,丢开我。第三,不瞒您说,我也不敢担保我这种迷恋能够维持很久。……就是这么回事!我决不离开您。"

"那我就把你从家里赶出去!"尼古拉·叶甫格拉菲奇顿着脚,叫道,"我把你赶出去,下流的贱女人!"

"那就走着瞧吧!"她说,走出去了。

外面,天已经大亮,可是医生一直坐在桌子边,拿着铅笔在纸上划来划去,信手写道:

"先生。……小脚。……"

要不然,他就走来走去,在会客室里那张七年以前,他们婚后不久拍的照片前面站住,看上很久。那是一张全家合照,有他的岳父、岳母和他的妻子奥尔迦·德米特利耶芙娜,那时候她二十岁,还有他自己,当时是个年轻、幸福的丈夫。他的岳父胡子刮光,身体肥胖,是个害水肿病的三等文官,狡猾,贪财。他的岳母是个胖女人,脸孔显得又小又凶,像是黄鼠狼,她发疯般地爱自己的女儿,处处帮她的忙,哪怕她女儿要勒死人,这个母亲也不会说她一句话,反而会撩起自己的衣裾来把女儿遮住。奥尔迦·德米特利耶芙娜的脸也是又小又凶,然而她的凶相比她母亲更露骨,更明显,她已经不是黄鼠狼,而是大得多的猛兽!尼古拉·叶甫格拉菲奇呢,在这张照片上却显得是个老实人,一个善良、质朴的青年。在他的脸上绽开宗教学校学生的温和笑容。命运无意间把他推到那群豺狼中去,他却天真地相信,她会给他诗情,给他幸福,以及从前他在大学里唱着"不恋爱就无异于断送青春"那首歌的时候所梦想的一切。……

他又大惑不解地问自己：他，一个乡村教士的儿子，一个受过宗教学校教育的学生，一个质朴的、粗鲁的、直心眼的人，怎么会那么软弱无力地落在这个渺小的、虚伪的、庸俗的、浅薄的、在天性方面跟他迥然不同的人的手里？

十点多钟，他穿上外衣，要到医院去了，这时候使女走进书房来。

"您有什么事？"他问。

"太太起床了，她请求您把昨天您答应给她的二十五个卢布拿给她。"

天 才

绘画工作者叶果尔·萨维奇住在一个尉官的遗孀的别墅里,这时候坐在床上,心里充满早晨常有的那种忧郁情绪。户外已经有秋意。一层层沉重难看的乌云遮蔽天空,寒冷刺骨的风刮个不停。树木带着悲凉的哭声,往一边歪过去。人们可以看见黄色的树叶在空中和地面上不住盘旋。别了,夏天!这种自然界的萧索气象,如果用画家的眼睛去看,倒也另有一种美和诗意,可是叶果尔·萨维奇无心欣赏美。他满腔烦闷,只有转念想到他明天不再住在这个别墅里,心里才感到宽慰。床上,椅子上,桌子上,地板上,到处都堆着枕头、揉乱的被子、筐子。房间里没有打扫,窗上的花布窗帘已经摘下来。明天就要搬到城里去了!

寡居的女房东不在家。她已经出外去租大车,准备明天运行李。她女儿卡嘉是个二十岁左右的姑娘,趁严厉的母亲不在家,早就在这个年轻人的房间里坐着了。明天绘画工作者就要离去,她有许多话要跟他说。她说啊说的,却觉得应该说的话连十分之一也没说完。她眼睛里噙满泪水,瞧着他的乱蓬蓬的头,眼神又悲又喜。叶果尔·萨维奇头发蓬松得不像样子,活像一只野兽。他的头发披到肩胛骨上,脖子上、鼻孔里、耳朵里全生得有胡子,眼睛藏在两道突出的浓眉底下。他的须发那么密,那么乱,要是有一只苍蝇或者蟑螂钻进去,那可就永生永世也休想从这个茂盛的树林里飞出来了。叶果尔·萨维奇听着卡嘉讲话,不住打呵欠。他厌倦了。等到卡嘉抽抽搭搭哭起来,他就皱起眉头,一双眼睛从倒挂下来的眉毛里阴沉地瞧着她,用低沉有力的男低音说：

"我不能结婚。"

"那是为什么呢？"卡嘉轻声问道。

"因为画家，以及一般为艺术活着的人，是不能结婚的。画家必须自由。"

"可是我会在哪方面妨碍您呢，叶果尔·萨维奇？"

"我不是说我自己，我是泛泛而论的。……著名的作家和画家都绝不结婚。"

"您将来会成名，这我知道得很清楚，可是您要替我设身处地想一想才好。我怕我妈。……她很严厉，动不动就冒火。只要她知道您不打算结婚，就这么一场空……那她可就要收拾我了。哎呀，我好苦！再说，您又没有付给她房钱！"

"见她的鬼，我会付给她的。……"

叶果尔·萨维奇站起来，开始走来走去。

"要能出国一趟就好了！"他说。

绘画工作者紧跟着讲起再也没有比出国更容易的事了。要做到这一点,只消画好一张画,把它卖掉就成。

"当然!"卡嘉同意说,"那你今年夏天为什么不画呢?"

"可是在这样糟糕的房子里住着怎么能工作?"绘画工作者懊恼地说,"而且在这地方叫我上哪儿去找模特儿?"

楼下,有人恶狠狠地把门关得砰砰响。卡嘉时刻担心母亲会回来,这时候就站起来,跑出去了。屋里只剩下绘画工作者一个人。他从这个墙角走到那个墙角,来回走了很久,一路上绕过椅子和一堆堆家用的破烂东西。他听见回来的寡妇把盘盏弄得叮当响,大声骂几个农民,因为他们要她付给每辆大车两卢布的车钱。叶果尔·萨维奇闷闷不乐,在小立柜跟前站住,皱起眉头,对一个酒瓶瞧了很久。

"啊,巴不得叫你挨一枪才好!"他听见寡妇对卡嘉发脾气说,"你怎么不死哟!"

绘画工作者喝下一杯酒,于是笼罩在他心头的乌云渐渐消散。他觉得他肚子里的五脏六腑好像一齐微微地笑了。他就开始幻想。……他的想象力描绘他日后怎样成名。至于他将来的作品是什么样子,他却想象不出来,可是他清楚地看见报纸都在议论他,商店里出售他的照片,朋友们在他身后嫉妒地瞧他。他极力想象自己在一间豪华的客厅里给许多漂亮的女崇拜者团团围住,然而他的想象力描绘出来的景象却有点模糊不清,因为他平生从没见过客厅。那些漂亮的女崇拜者们也不怎么清晰,因为除卡嘉以外他从没见过别的女崇拜者,也没见过别的正派姑娘。不熟悉生活的人照例根据书本描绘生活,然而叶果尔·萨维奇连书也不看,他本来准备看果戈理的作品,可是读到第二页就睡着了。……

"偏偏烧不燃,该死的!"寡妇在楼下烧茶炊,嚷道,"卡嘉,拿炭来!"

正在幻想的绘画工作者觉得需要对外人谈谈他的希望和幻想。他就走下楼去,来到厨房里,那儿正烧茶炊,烟雾弥漫,胖寡妇和卡嘉在乌黑的火炉旁边忙碌着。他就在大瓦罐旁边的一张长凳上坐下,开口说:

"做画家真好!我想上哪儿就上哪儿去,想干什么就干什么。不用上班,也不必耕地。……上边没有上司,根本没人管。……自己当自己的主人。可是我的工作却又给人类带来益处!"

饭后他躺下来"休息"。照例,他一觉要睡到天黑。可是这次饭后不久,他觉得有人拉他的腿,有人笑着叫他的名字。他睁开眼睛,看见他的朋友,风景画家乌克列依金来了,这个人一直出门在外,整个夏天都是在科斯特罗马省度过的。

"啊!"他高兴地说,"我瞧见的是谁呀?"

握手和问话开始了。

"哦,你带回什么了?恐怕已经描了几百张画稿吧?"叶果尔·萨维奇瞧着乌克列依金从皮箱里取出日用品来,说。

"嗯,是啊。……好歹画了一点。……你怎么样?画好什么画了?"

叶果尔·萨维奇在床后边找来找去,满脸涨得通红,从那儿取出一幅油画画稿,绷在一个木框上,上面布满灰尘和蛛网。

"喏。……《同未婚夫分手后独坐窗前的少女》……"他说,"这已经画过三次。不过离画完还远得很呢。"

画面上勾出卡嘉的轮廓,她在敞开的窗前坐着,窗外是花圃和淡紫色的远方。乌克列依金不喜欢这幅画。

"嗯。……气氛很浓,而且……有点传神,"他说,"远方画出来了,不过……这丛灌木刺眼……太刺眼了!"

酒瓶上场了。

将近傍晚,叶果尔·萨维奇的一个住在邻近别墅里的朋友,专画历史画的柯斯特列夫到他家里来了。他是个三十五岁左右的汉子,也是新手,前途颇有希望。他蓄着长发,穿着工作服,衣领仿莎士比亚的样式,举止尊严。他见到白酒,皱起眉头,抱怨胸口痛,可是经不住朋友们敦劝,喝下一杯。

"我想出一个画题,两位老兄……"他带着酒意说,"我想画那么一个尼禄①……希律②,或者克列片契扬③,总之,你们知道,就是这一类坏蛋……而且要用基督教思想来同他对抗。……一方面是罗马;另一方面,你们知道,是基督教。……我想画出那种精神。……明白吗?精神!"

楼下,寡妇不时叫道:

"卡嘉,拿黄瓜来!母马!到西多罗夫小铺去买

---

① 尼禄(37—68),古罗马帝国皇帝,以暴虐著称,曾迫害基督徒。
② 按基督教传说,希律是犹太王,曾迫害耶稣。
③ 这是为了逗笑而仿效罗马皇帝的名字的发音杜撰出来的名字。——俄文本编者注

克瓦斯!"

三个同行,就跟关在笼子里的狼似的,在房间里从这个墙角走到那个墙角。他们一刻也不停地讲话,讲得诚恳而激烈。这三个人心情兴奋,眉飞色舞。如果听一下他们讲的,那么前途啦、名望啦、金钱啦,他们已经都到手了。他们竟没有一个人想到:光阴荏苒,日子一天天过去,他们吃掉别人很多面包,自己的工作却还没有做出一点成绩。他们也没有想到:他们三人都受一条铁面无情的规律约束,根据这条规律,一百个大有希望的新手只有两三个能够出人头地,其余的一概成为废品,扮演着炮灰的角色而消灭得无影无踪。……他们却兴高采烈,快乐逍遥,大胆地面对未来!

夜里一点多钟,柯斯特列夫告辞,翻起他的莎士比亚式衣领,回家去了。风景画新手留下,在风俗画新手这儿过夜。临上床睡觉,叶果尔·萨维奇拿起蜡烛,摸到厨房里去找水喝。在狭长而乌黑的过道里,卡嘉坐在一口箱子上,两只手放在膝头上合在一起,抬起眼睛看他。她那苍白而疲乏的脸上洋溢着幸福的笑容,眼睛亮晶晶的。……

"是你吗?你在想什么?"叶果尔·萨维奇问她说。

"我在想您将来怎样成名……"她压低喉咙说,"我一直在想您会成为一个什么样的大人物。……刚才你们讲的话,我全听见了。……我就不住幻想……幻想。……"

卡嘉发出一连串幸福的笑声,随后又哭起来,恭敬地把手放在她的偶像的肩膀上。

查　　问

那是中午。地主沃尔迪烈夫,一个高大壮实、头发剪短、眼睛突出的男子,脱掉大衣,拿绸手绢擦一阵额头,胆怯地走进衙门里。那儿满是用钢笔写字的沙沙声。……

"我想在这儿查问一点事情,不知该找谁接洽?"他对看门人说,那人正从办公室里走出来,手里托着盘子,上边放着玻璃杯。"我要在这儿打听一点事情,并且要一份会议记录簿上决议的副本。"

"那您就往那边走,老爷!喏,找窗子旁边坐着的那一位!"看门人说,用托盘指着尽头的窗子。

沃尔迪烈夫嗽一嗽喉咙,往窗子那边走去。那边有一张绿色桌子,桌面上满是斑点,倒好像那桌子害了斑疹伤寒似的。一个青年靠桌子坐着,头上竖起四绺头发,鼻子很长而且生着粉刺,身上穿着褪色的制服。他把大鼻子戳到纸上,正在写字。他右面鼻孔旁边有一只苍蝇在散步,他就不时努出下嘴唇,往鼻子底下吹气,这就给他的脸添上极其操心的神情。

"我可不可以在这儿……在您这儿,"沃尔迪烈夫对他说,"查问一下我的案子?我姓沃尔迪烈夫。……顺便我要一份三月二日会议记录簿上决议的副本。"

文官把钢笔探进墨水瓶里蘸墨水,然后看一看:笔尖上蘸的墨水是不是太多了?他相信墨水不致滴下来,于是沙沙响地写起来。他的嘴唇努出去,然而用不着再吹气:苍蝇飞到他耳朵上去了。

"我可不可以在这儿查问一下?"沃尔迪烈夫过一

分钟又问道,"我姓沃尔迪烈夫,是地主。……"

"伊凡·阿历克塞伊奇!"文官对空中喊一声,仿佛没看见沃尔迪烈夫似的,"等商人亚里科夫来了,你就对他说,要他在写给警察局的呈文副本上签个字!我已经跟他说过一千回了!"

"我想查问我同古古林娜公爵夫人的继承人的讼案,"沃尔迪烈夫喃喃地说,"这个案子是大家都知道的。我恳切地请求您为我费一费神。"

文官仍然没看见沃尔迪烈夫,正捉住他嘴唇上一只苍蝇,仔细观察它,然后把它扔了。地主嗽一嗽喉咙,拿出方格手绢大声擤鼻子。然而这也无济于事。文官仍然不理他。他们沉默了两分钟光景。沃尔迪烈夫从衣袋里取出一张一卢布钞票,放在文官面前一本翻开的簿子上。文官皱起额头,带着操心的脸色把簿子拉过来,合上了。

"我要查问一点小事……我只想弄清楚古古林娜公爵夫人的继承人是根据什么理由……我可不可以打

搅您一下?"

可是文官只顾想心思,站起来,搔着胳膊肘,不知什么缘故走到一个橱柜那儿去了。过了一分钟,他回到他的桌子这边来,又摆弄簿子:这回簿子上又放着一张一卢布钞票。

"我只打搅您一分钟。……我只要查问一点小事。……"

文官却没听见。他动手抄写一份什么文件。

沃尔迪烈夫皱起眉毛,灰心地打量所有那些笔底下沙沙响的人。

"他们写个没完!"他暗想,叹气,"他们写个没完,叫他们都见鬼去吧!"

他离开桌子,在房间中央站住,绝望地垂下双手。看门人又端着玻璃杯穿过房间,大概留意到沃尔迪烈夫脸上的狼狈神情了,因为他走到沃尔迪烈夫紧跟前,轻声问道:

"哦,怎么样?问过了吗?"

"问过了,可是人家不愿意理我。"

"那您就给他三卢布好了……"看门人小声说。

"我已经给过两卢布了。"

"那您就再给一卢布。"

沃尔迪烈夫回到桌子那边,在翻开的簿子上放了一张绿色钞票。

文官又把簿子拉到跟前来,动手翻阅,随后,忽然间,仿佛出于无意似的,抬起眼睛瞧着沃尔迪烈夫。他的鼻子开始发亮,转红,由于微笑而起皱纹了。

"哦……您有什么事要我效劳吗?"他问。

"我想查问一下我的案子。……我是沃尔迪烈夫。"

"很高兴,先生!是古古林一案吧?很好,先生。那么认真说来,您要查问的究竟是什么呢?"

沃尔迪烈夫就向他陈述他的要求。

文官活跃起来,仿佛一股旋风把他卷进去了似的。他查档案,吩咐人抄写副本,给申请人端椅子,所有这些事一刹那间全办完了。他甚至谈了谈天气,问了问收成。等到沃尔迪烈夫起身走出去,他就送他下楼,殷勤而恭敬地赔着笑脸,做出他随时愿意在申请人面前跪下去叩头的样子。不知什么缘故,沃尔迪烈夫倒觉得过意不去,就顺从某种内心冲动,从衣袋里取出一张一卢布钞票来,递给文官。那一个不住鞠躬,赔着笑脸,把钞票接过去,而且用的是一种近似魔术家的手法:钞票只在空中一闪,就无影无踪了。……

"哎,这些人啊……"地主暗自想着,走到外面街道上,站住,用手绢擦额头。

匿名氏故事

一

由于目前不宜细说的种种原因,我必须到彼得堡一个姓奥尔洛夫的文官家去当一名听差。他年纪在三十五岁左右,名叫盖奥尔季·伊凡内奇。

我到这个奥尔洛夫家去当差,其实是由于他父亲的缘故。他父亲是个声名显赫的政府要员,我认为他是我的事业的大敌。我指望在他儿子那儿住下后,可以从我听到的谈话里,从我在书桌上找到的文件和札记里,详细了解他父亲的计划和意图。

照例,上午十一点钟光景,我下房里的电铃响起来,这是要我知道:老爷醒来了。等到我拿着刷干净的衣服和擦亮的皮靴走进寝室,盖奥尔季·伊凡内奇总是坐在床上,一动也不动,看上去倒没有睡眼惺忪的样子,却像是睡了一觉反而疲乏了似的,呆呆地瞧着一个地方出神,一点也没有因为睡醒而显得愉快。我就帮他穿衣服,他不乐意地听凭我摆布,一句话也不说,根本不觉得我站在他面前。接着,漱洗一番之后,他便头发湿漉漉,带着新洒过的香水气味走进饭厅去喝咖啡。他在饭桌旁边坐下,一面喝咖啡一面翻报纸,我和使女波丽雅恭恭敬敬地站在房门旁边,看着他。一个人在那里喝咖啡,啃面包干,两个成年人却得带着极其严肃的注意神情瞧着他。这种事想必荒唐可笑,可是,我虽然跟奥尔洛夫同样出身于贵族,同样受过良好的教育,如今我不得不在房门旁边站着,我却看不出这有什么使我丢脸的地方。

嫁 妆 集

那时候我刚开始害肺痨病,此外也许还害着一种更严重的病。我不知道究竟是由于疾病的影响,还是由于我当时还没留意到的自己世界观的初步转变,总之,我心里有一种热切恼人的欲望一天天在滋长,我渴求过一种平凡的市民生活。我一心想望心神安宁,身体健康,空气良好,衣食饱暖。我变成了一个梦想家,而且如同梦想家那样,并不知道自己究竟需要什么。有的时候,我想进修道院,在那儿成天价坐在小窗口眺望树木和旷野,有的时候我又幻想买下五俄亩①地,做个地主,有的时候我暗暗对自己许下心愿,要研究科学,一定要到内地一所大学去做教授。我原是我们舰队的一个退伍的海军中尉。我常想念海洋,想念我们的分舰队和轻巡航舰,当初我曾坐着那条军舰作过环球航行呢。我想再体验一下每逢在热带树林里闲步或者在孟加拉湾观赏日落,兴奋得神魂飘荡而同时又怀

---

① 1 俄亩等于 1.09 公顷,约合我国 16 亩。

念故乡的那种难于形容的感情。我梦想山峦、女人、音乐,我像小孩子那样好奇地打量人们的脸,听人们的说话声。每逢我站在房门旁边看奥尔洛夫喝咖啡,我就觉得自己不是听差,而是对人间万物都感兴趣,甚至对奥尔洛夫也感兴趣的人。

奥尔洛夫长着一副彼得堡人常有的相貌:窄肩膀,长腰身,塌陷的两鬓,颜色不分明的眼睛,染得失去光泽的稀疏的头发、胡子、唇髭。他的脸虽然保养得很好,但是面容萎靡不振,不招人喜欢。在他沉思或者睡觉的时候,这张脸尤其不好看。这种平常的外貌恐怕是不必加以描写的,再者,彼得堡不比西班牙,这里男人的相貌就连在情场中也没有多大的意义,只对气度庄严的听差和马车夫才有用。我所以讲起奥尔洛夫的脸和头发,也只是因为他的相貌有点值得提一下的地方,也就是:每逢他拿起报纸或者书,不管是什么报纸或者什么书,或者,每逢他遇见人,也不管是什么人,他的眼睛总要现出讥讽的笑意,而他的整个脸就露出轻微的、不带恶意的讥诮神情。他读书报或者听人讲话以前,每次都准备好讥诮的表情,就跟野人准备好盾牌一样。这是一种多年养成、习以为常的表情,近来这种表情大概无需按他自己的意愿就会在他脸上出现,如同反射作用一样。不过关于这一点,以后再谈吧。

十二点多钟,他带着讥诮的神情拿起他那装满文件的皮包,出门上班去了。他不在家里吃午饭,直到八点钟以后才回来。我在书房里点上灯和蜡烛,他就在圈椅上坐下来,把两条腿伸到一把椅子上,照这样懒洋洋地坐好,然后开始看书。几乎每天他都要带着新书回来,要不然,由书店给他送来。在我的下房墙角上和我的床底下堆着许多他读完了丢掉的书,其中除俄文书外还有三种外文书。他读得非常快。俗语说:只要告诉我你读什么书,我就能说出你是什么样的人。这话也许是真理,然而要凭奥尔洛夫读过的书来判断他的为人,那却根本办不到。他读的书简直是大杂烩。有哲学,有法国长篇小说,有政治经济学,有财政学,又有新诗人的诗歌,还有"媒介"出版社①的读物,——所有的书他一概读得很快,而且读的时候,眼睛里含着讥诮的神情。

十点钟以后,他仔细地穿戴好,常常穿上燕尾服,很少穿他那身宫中低级侍从的制服,出外去了。要到第二天早晨,他才回来。

我在他那儿生活得安宁而平静,我们从没发生过什么误会。他照例对我这个人视而不见,他跟我讲话的时候,脸上也没有带讥诮的神情,显然他没有把我当人看。

我只有一次看见他生气。有一天,那是我到他家当差一个星期以后,大约九点钟光景,他吃罢饭回来,脸容显得不痛快而且疲乏。我跟着他走进书房,去给他点蜡烛,这时候,他对我说:

"我们的房间里有股臭味儿。"

---

① 根据列·托尔斯泰的倡议创办的俄国通俗读物出版社。

"不,空气挺干净。"我回答说。

"我跟你说有臭味儿。"他生气地又说一遍。

"我每天都把通风小窗打开的。"

"不准强辩,笨蛋!"他嚷道。

我生气了,正打算反驳他,要不是那个比我更了解主人的波丽雅出来讲话,上帝才知道这件事会怎样收场。

"真的,气味多么难闻啊!"她说,扬起眉毛,"这气味从哪儿来的呢?斯捷潘,打开客厅里的通风小窗,生上壁炉。"

她哎呀哎呀地大呼小喊,忙忙碌碌,走遍各个房间,裙子沙沙响,把喷子打得咝咝叫。奥尔洛夫仍旧心情恶劣,显然在克制自己,免得大发脾气。他靠着桌子坐下,很快地写一封信。他写了几行,生气地哼了一声,撕掉信纸,然后又从头写起。

"真见鬼!"他嘟哝说,"他们巴望我有惊人的记性!"

最后,这封信总算写完了。他从桌旁站起来,掉过脸来对我说:

"你到兹纳敏街去一趟,把这封信面交齐娜伊达·费多罗芙娜·克拉斯诺甫斯卡雅本人。不过你要先问一下看门人,她的丈夫,也就是克拉斯诺甫斯基先生,回来没有。要是他回来了,你就不必交这封信,坐车回来就是。等一等!……万一她问起我家里有客没有,你就对她说,从八点钟起我这儿就坐着两位先生,在写什么东西。"

我坐车到兹纳敏街去了。看门人告诉我克拉斯诺甫斯基先生还没回来,我就走上三层楼。给我开门的是一个又高又胖、皮肤棕褐色、留着黑色连鬓胡子的听差。他用只有听差对听差讲话才会用的那种带点睡意、无精打采、随随便便的口气问我有什么事。我还没来得及回答,就有一位穿着黑色连衣裙的太太从大厅里很快地走到前厅来。她眯细眼睛瞧着我。

"齐娜伊达·费多罗芙娜在家吗?"我问。

"我就是。"那位太太说。

"这是盖奥尔季·伊凡内奇写给您的一封信。"

她急忙拆开信,用两只手捧着读了起来,我就此看到了她的钻石戒指。我看清她那白皙的脸上有着柔和的细纹,下巴翘起,睫毛长而且黑。从外貌来看,我估计这位太太不会超过二十五岁。

"替我问他好,谢谢他。"她看完信后说,"盖奥尔季·伊凡内奇那儿有客人吗?"她轻柔而快活地问道,仿佛为自己的怀疑感到害臊似的。

"有两位先生,"我回答说,"他们在写什么东西。"

"替我问他好,谢谢他。"她又说一遍,歪着头,一面看信一面走,没一点响声地走出去了。

那时候我很少遇到女人,这位我偶尔见到的太太在我心上留下了印象。我步行走回去,想起她的脸和清幽的香水气味,想得出了神。等我回到家里,奥尔洛夫已经出去了。

二

就这样,我在主人那儿生活得安宁而平静,然而,当初我来做听差的时候很担心的那种不干不净而且令人感到屈辱的气氛却始终存在,每天都使我感觉到。我跟波丽雅相处得不好。她是一个养得白白胖胖、被惯坏的淫荡女人,由于奥尔洛夫是主人而崇拜他,由于我是听差而看不起我。大概在真正的听差或者厨师看来,她是迷人的,她脸蛋儿红喷喷,鼻子微微翘起,眼睛总是眯细,身材正在从丰满过渡到肥胖。她涂脂抹粉,画眉毛,涂口红,穿着紧身胸衣,裙子里衬着腰垫,手上戴着用钱币串成的镯子。她脚步细碎,有点跳动,走起路来扭扭捏捏,或者照俗话所说的,又扭肩膀又摆屁股。每天早晨我跟她一块儿收拾房间,她那裙子的沙沙声,紧身胸衣的窸窣声,镯子的叮当声,从主人那儿偷来的唇膏、香醋①、香水的粗俗气味,总要在我心里引起一种感觉,仿佛我在跟她一块儿做什么坏事似的。

要么因为我没跟她合伙偷东西,要么因为我没有表示过一点点愿意做她的情人的意思,这大概伤了她的心;也可能因为她觉得我跟她不是一流人,总之,她从头一天起就恨上我了。我做事笨手笨脚,外貌不像听差,又生着病,这都使她觉得可怜又可笑,惹得她满心嫌恶。那时候,我咳嗽得厉害,往往一连几夜吵得她睡不好,因为她的房间和我的房间只隔着一块板壁。每天早晨她都对我说:

"你又没让我睡好。你该到医院里去躺着,不该到主人这儿来干活。"

她从心底里相信,我算不得是个人,而是一件比她价值不知低多少倍的东西;因此,如同罗马贵妇在奴隶面前洗澡不觉得害臊一样,她有时候居然只穿着衬衣

---

① 一种放在洗脸水里的化妆品。

在我面前走来走去。

有一回吃午饭的时候(有一家饭铺每天给我们送来菜汤和烤肉),正巧我心绪很好,幻想很多,就问道:

"波丽雅,您相信上帝吗?"

"那还用说!"

"那么,"我接着说,"您相信,将来到了世界末日,人会受到最后审判,我们要为我们做过的每件坏事得到报应吗?"

她一句话也没回答,光是做出轻蔑的脸相。这一回我瞧着她那对满足而冷酷的眼睛,我才明白,对这个恶劣透顶、坏到骨子里的人来说,既谈不到上帝,也谈不到良心,更谈不到法律,假如我要杀人,放火,或者盗窃,那么我就是花钱也找不到比她更好的同谋犯了。

我在奥尔洛夫家住下的头一个星期,由于新换环境,而且不习惯别人用"你"称呼我,也不习惯经常撒谎(明明主人在家,却要说他"不在家"),我感到很不自在。我穿上听差的燕尾服觉得像是披上了铠甲。不过后来我习惯了。我像真正的听差一样伺候主人,打扫房间,跑路或者坐车去执行主人的种种吩咐。每逢奥尔洛夫不愿意到齐娜伊达·费多罗芙娜家去赴约会,或者他忘了答应过要到她家去,我就得坐车到兹纳敏街,把一封信面交她本人,撒一个谎。结果,事情根本不符合我当初来做听差时所抱的期望,我那新生活的每一天,无论是对我来说或者是对我的事业来说,都虚度了,因为奥尔洛夫从来也不讲起他的父亲,他的客人们也没有提到,关于那位显赫的政府大员的活动我所能知道的仍旧跟从前一样,只是从报纸上和朋友们的来信上得到一点点消息而已。我在书房里找到和读到的几百张字条和文件,跟我所追求的目的连一丁点儿关系也没有。奥尔洛夫对他父亲的耸人听闻的活动完全漠不关心,仿佛根本没有听说过,或者仿佛他父亲早已死了似的。

三

每到星期四,我们这儿总有客人。

我上饭馆去订好一大块烤牛肉,打电话要叶里塞耶夫商店给我们送来鱼子、干酪、牡蛎等。我还买下几副纸牌。波丽雅从早晨起就准备茶具和餐具供晚饭用。说老实话,这种小小的活动多少使我们的闲散生活有点变化,星期四在我们这儿成了最有趣的日子。

常来的客人只有三位。最体面的而且也许最有趣的客人姓彼卡尔斯基,他是一个又高又瘦的人,年纪在四十五岁左右,生着长长的鹰钩鼻,留着黑色的大胡子,头顶光秃。他有一双挺大的凸眼,脸上露出严肃而沉思的神情,像是一个希腊哲学家。他在铁路管理局和一家银行里工作,还在一个重要的政府机关里担任法律顾问,并且跟许多私人有业务关系,例如担任法律监护人、债权人会议主席等。他的官品小得很,他谦卑地自称为律师,然而他的势力很大。您只要有他的一张名片或者一封短信,就足以使得著名的医生、铁路局长或者重要的大官不用您按次序等候,优先接见您。据说由他从中说项,甚至可以谋到四等文官的职位,任什么样的纠纷得以了结。人们认为他是个智力很强的人,不过那是一种特别的、古怪的智力。他能够在转瞬间用心算得出二百一十三乘以三百七十三的积,或者不用铅笔和换算表就把英镑折合成马克。他精通铁路业务和财务管理,凡是有关行政当局的事情在他都不成其为秘密。众口流传,他在民事诉讼方面是最神通广大的律师,要跟他较量可不容易。然而,许多就连笨人都懂得的事,他的非凡的智力却没法理解。例如,他根本不能理解人们为什么会烦闷,哭泣,自杀,甚至杀人,为什么会为跟他们个人毫不相干的东西和事情激动,为什么读果戈理或者谢德林的作品会发笑。……凡是抽象的、属于思想和感情范围的事,在他都是不可理解的,乏味的,就跟没有辨音力的人不懂音乐一样。

他对人只从办事的角度来考察,把人分为有本领和没本领的两种。别的分法在他都不存在。诚实和正派无非是有本领的标记。吃喝、打牌、放荡未尝不可,只要不妨碍正事就行。信仰上帝固然不聪明,然而宗教却必须保护,因为对老百姓来说,约束人的原则是不能缺少的,要不然他们就不肯工作。惩罚之所以需要,仅仅是要让人有所畏惧。搬到别墅里去住大可不必,因为待在城里就挺好。诸如此类。他的妻子已经死去,他没有子女,然而他按照阔绰的家庭排场过日子,每年付出房租三千卢布。

第二个客人库库希金是个年轻的四等文官,个子不高,他那矮胖的身材和瘦小的脸不成比例,因此他那模样显得非常不顺眼。他的嘴唇老是缩成心形,他那剪齐的唇髭看上去像是用油漆贴上去的。这个人神态活像壁虎。他不是走进来,却像是爬进来的。他脚步细碎,摇摇晃晃,嘻嘻地笑,而且一笑就露出牙齿来。他是某人手下办理特殊事务的文官,其实什么事也不做,薪俸却很高,特别是在夏天,人家总要为他创造各种各样出差的机会。他是个利欲熏心的人,他的这种欲望不但浸透他的骨髓,而且更进一步,渗进了他的每一滴血;不过同时,他这个利欲熏心的人渺小得很,不相信自己的力量,把自己的事业完全建立在大人物的恩赐上。他为了获得一枚外国的什么十字勋章,或者为了要报纸登载他跟其他地位很高的人物一块儿出席某人的安魂祭或者参加祈祷式,他不惜做出种种低声下气的举动,一味苦求,谄媚,许愿。他由于怯懦而巴结奥尔洛夫和彼卡尔斯基,因为他把他们看成有势力的人。他也讨好波丽雅和我,因为我们在有势力的人家当差。每一次我替他脱掉皮大衣,他总是笑嘻嘻的,问我说:"斯捷潘,你结婚了没有?"随后又说几句猥亵的、俗不可耐的话,算是表示对我特别关心。库库希金迎合奥尔洛夫的弱点,迎合他那堕落和餍足的生活。为了讨奥尔洛夫的欢心,他还假意说些恶毒的讽刺话和不敬上帝的话,跟奥尔洛夫一块儿批评某些人;可是如果换一个场合,他就会在那些人面前低三下四,服服帖帖了。吃晚饭的时候,大家谈起女人和爱情,他就装成风流才子和精通此道的色鬼。总之,必须指出,彼得堡的浪子们喜欢谈他们那些与众不同的口味。一个年轻的四等文官十分满足于他家里的厨娘或者涅瓦大街上不幸的街头女人的爱抚,可是听他讲起来,你却会觉得他好像沾染过东方和西方的一切恶习,他本人是十来个不道德的秘密协会的名誉会员,已经受到警察的注意。库库希金昧着良心给自己编出一套谎话,在座的人倒也不是不相信他的话,只是把他那些假话当作耳旁风罢了。

　　第三个客人格鲁津是一个可敬的有学问的将军之子,跟奥尔洛夫同岁,生着淡黄色的长发,眼睛近视,戴着金边眼镜。我至今还记得他那些又白又长的手指头,跟钢琴家的手指头一样。他周身也有技艺高超的音乐家的那种气派。这样的人在乐队里往往担任第一提琴手。他咳嗽,患偏头痛,总之显得有病,孱弱。大概他在家里总是由别人给他脱衣服和穿衣服,像小孩子一样。他原在法律专科学校毕业,起初在司法部任职,后来调到枢密院,接着辞了职,经人说项,他又在国有产业部找到工作,不久又辞职了。在我做听差的那段时期,他在奥尔洛夫的部门里担任科长,可是他说不久又要调到司法部去了。他对他的官职,对他从这个机关到那个机关的调动,抱着一种少有的、满不在乎的态度,每逢有人在他面前严肃地谈到官员、勋章、薪俸,他就温和地微笑,背一句普鲁特科夫①的箴言:"只有在国家机关里任职,你才会知道真情!"他有个身材矮小的妻子,脸上已经起了皱纹,醋劲儿却很大。他还有五个瘦弱的孩子。他对妻子不忠实,他只有见到孩子的时候才爱他们,一般说来,他对自己的家庭简直漠不关心,常拿家里的人取笑。他一家人靠借债过活。只

---

① 科济马·普鲁特科夫是俄国作家阿列克谢·康斯坦丁诺维奇·托尔斯泰和热姆楚日尼科夫兄弟合署的笔名。——俄文本编者注

要有合适的机会,不管走到哪儿,也不管遇到什么人,他总要借钱,就连他的上司和那些看门人,他也不放过。他天性懒散,懒到了对自己也不关心的地步,随波逐流,自己也不知道自己会飘到哪儿去,为什么要飘去。人家领他到哪儿,他就到哪儿。要是人家带他去下流的地方,他就去。人家在他面前放一杯啤酒,他就喝,要是不放呢,他就不喝。如果有人在他面前骂自己的妻子,他就也骂自己的妻子,硬说她破坏了他的生活。遇到人家夸自己的妻子好,他就也夸自己的妻子好,诚恳地说:"我十分爱她,这个可怜的女人。"他没有皮大衣,老是披一件冒出儿童室气味的方格呢大衣。在吃晚饭的当儿,他常常在沉思,把面包搓成一个个小圆球,喝很多红葡萄酒,每逢这种时候,说来奇怪,我几乎确信,他有什么心事,他自己大概也隐约感到了,可是由于生活的纷扰和俗事太多,没有工夫去了解它,重视它。他有时候稍微弹一阵钢琴。往往,他靠着钢琴坐下来,弹两三个音,轻声唱道:

嫁 妆 集

未来的日子给我准备了什么?①

可是立刻,他好像吓坏了似的,站起来,走到离钢琴远远的地方去了。

这些客人照例要到十点钟光景才到齐。他们在奥尔洛夫的书房里打牌,我和波丽雅给他们端茶。只有在这种时候,我才能够深切地领略到做听差的种种苦味。我得一连在房门旁边站上四五个钟头,注意不要有茶杯空着,掉换烟灰缸,跑到桌子跟前去拾起一支掉在地下的粉笔或者一张纸牌,要紧的是我得站着,等着,小心在意,不能说话、咳嗽、微笑。我敢断定,这种工作比最重的农活还要苦。从前我在军舰上,遇到起风暴的冬天夜晚,一连站过四个钟头的岗,可是我认为那种值班要轻松得多了。

他们打牌一直要打到两点钟,有时候打到三点钟,

---

① 柴可夫斯基的歌剧《叶甫盖尼·奥涅金》中连斯基的咏叹调。——俄文本编者注

然后伸着懒腰,走进饭厅吃晚饭,或者像奥尔洛夫所说的,垫补一下肚子。吃饭的时候,谈话开始了。领头的照例是奥尔洛夫,他带着嘲笑的眼神谈起一个熟人,谈起不久以前读过的一本书,谈起新的任命或者新的计划。善于逢迎的库库希金就给他帮腔,于是,依我当时的心情听来,一种极可憎的谈话开场了。奥尔洛夫和他的朋友们的讥诮是漫无边际的,他们不放过任何人和任何事情。他们谈到宗教,总讥诮一阵,谈到哲学,谈到生活的意义和目标,又是一阵讥诮。要是有人提起老百姓,也还是讥诮一阵。彼得堡有一批特殊人物,专门嘲笑生活中的每一种现象。他们连挨饿的人或者自杀的人也不肯放过,总要说上几句庸俗的话。可是奥尔洛夫和他的朋友们并不只是说说笑话或者开开玩笑,而是冷嘲热讽。他们说上帝是没有的,人一死就全完了,说不朽的人只有法国科学院里才有①。真正的

---

① 法国人称法国文学艺术科学院的成员为不朽的人。——俄文本编者注

幸福是没有的,也不可能有,因为它的存在以人的完善为前提,而人的完善乃是逻辑的荒谬。俄国是乏味而贫困的国家,不亚于波斯。知识分子毫无希望,按照彼卡尔斯基的看法,知识分子绝大多数都是没有本领和一无用处的人。老百姓呢,只会灌酒,偷懒,窃盗,一代不如一代。我们没有科学,文学也一塌糊涂,商业立足于欺诈:"不骗人就卖不出货。"诸如此类,不胜枚举。一切都是可笑的。

临到晚饭将近结束,大家喝过酒而兴致好起来,闲谈就转到逗笑的话题上去。他们取笑格鲁津的家庭生活,取笑库库希金的得手,取笑彼卡尔斯基,据说他的支出账簿的某一页上标着"慈善事务",另一页上标着"生理需要"。他们说忠实的妻子是没有的,尽管丈夫正坐在隔壁的书房里,客人也可以想出巧招,不用等走出客厅就能得到那人妻子的爱抚。少女们已经有一肚子邪心思,什么事都懂。奥尔洛夫保存着一个十四岁女学生所写的信:她在下学回家的路上,"在涅瓦大街勾搭上一个军官",据说他把她带回自己家里,直到夜深才放她走,她就赶紧写信把这件事告诉她的女朋友,让她的女朋友也分享这种快乐。他们说,纯洁的道德从来就没有过,现在也没有,显然这种东西是不必要的,没有它,人类至今也过得挺好。至于一般所谓的放荡,它的害处无疑被人夸大了。在我们的惩罚条例里所规定的反常行为并没有妨碍第奥根尼①成为哲学家和导师,恺撒②和西塞罗③都是贪淫好色的人,同时又是伟人。加图④老人娶了一个年轻的女人,可是人家仍旧认为他是一个严格持斋和维护道德的人。

到三四点钟,客人们走散,要不然,就一同到城外或者到军官街去找一个名叫瓦尔瓦拉·奥西波芙娜的女人。我就回到我的下房去,由于头痛和咳嗽而很久

---

① 第奥根尼(约前404—约前323),古希腊哲学家。
② 恺撒(前100—前44),古罗马统帅和政治家。
③ 西塞罗(前106—前43),古罗马演说家、作家、政治家。
④ 加图(前234—前149),古罗马政治活动家。

睡不着觉。

四

我记得,自从我在奥尔洛夫家住了大约三个星期以后,在一个星期日早晨,有人来拉门铃。那是十点多钟,奥尔洛夫还在睡觉。我走出去开门。您可以想象得到我的惊讶,原来在门外的梯台上站着一个罩着面纱的女人。

"盖奥尔季·伊凡内奇起床了吗?"她问。

我从说话声听出她是齐娜伊达·费多罗芙娜,我常到兹纳敏街去给她送信。我记不得当时我是否来得及回答她的话,也记不得我能不能定下心来回话,总之,她的来临使得我怔住了。再者她也用不着我答话。转瞬间,她就从我身旁溜进去,前厅里立即弥漫着她身上的香水气味,这我直到现在还记得很清楚。然后她走进房间,脚步声听不见了。至少,这以后有半个钟头,什么声音也听不见。可是又有人来拉铃了。这回是一个打扮得很时髦的姑娘,大概是阔人家的使女,她和我们的看门人喘吁吁地把两只皮箱和一只柳条箱抬进来。

"这是给齐娜伊达·费多罗芙娜送来的。"姑娘说。

她走了,没再说别的话。这一切都很神秘,使波丽雅脸上现出狡黠的微笑,她对老爷们的胡搞一向极感兴趣。她仿佛想说:"瞧,我们这儿出事啦!"从此她一直踮起脚尖走路。最后脚步声响起来了。齐娜伊达·费多罗芙娜很快地走进前厅来,看见我站在我的下房门口,就说:

"斯捷潘,去帮盖奥尔季·伊凡内奇穿衣服。"

我拿着衣服和皮靴走进奥尔洛夫的房间。他正坐在床沿上,耷拉着两条腿,脚碰到熊皮地毯。他现出心慌意乱的样子。他没注意我,也不关心我这个仆人会有什么样的想法。显然他心不定,他在自己面前,在自己的"心眼"面前发窘。他一句话也不说,慢腾腾地穿衣服,洗脸,然后梳头,刷衣服,仿佛容自己有点时间仔细想想自己的处境,考虑一下似的,甚至从他的背部都可以看出他心慌,不满意自己。

他们两人一块儿喝咖啡。齐娜伊达·费多罗芙娜拿起咖啡壶来给自己和奥尔洛夫斟上咖啡,然后把胳膊肘支在桌子上,笑起来。

"我至今还难以相信,"她说,"一个人在外面旅行很久,末了回到旅馆里,他就一时难以相信,自己不必再往前走了。轻松地喘一口气是愉快的。"

她带着很想淘气的小姑娘的神情轻松地喘一口气,又笑起来。

"您得原谅我,"奥尔洛夫说,朝报纸点了一下头,"喝咖啡的时候看报,已经成了我改不掉的习惯。不过我能同时做两件事:一边看报,一边听人说话。"

"看吧,看吧。……您的习惯和您的自由仍旧属于您。不过为什么您拉长了脸?您早晨总是这样吗?

还是只有今天才如此呢？您不高兴吗？"

"正好相反。不过，老实说，我有点吃惊。"

"为什么呢？您早就知道我会突然到你这儿来，你该做好准备呀。我天天对您说我要来。"

"不错，可是我没料到您正好今天实现您的话。"

"我自己也没料到，不过这倒更好。这样更好，我的朋友。把病牙一下子拔掉，就完事了。"

"是啊，当然。"

"啊，我亲爱的！"她说，眯细了眼睛，"凡是结局好的，才能算好事。不过，在好结局来临以前，先要受多少苦呀！您别看我在笑。我高兴，我幸福，可是我倒想哭，并不想笑。昨天我经受了一场战斗，"她用法国话接着说，"只有上帝才知道我多么难受。可是我在笑，因为我简直不敢相信。我觉得我跟您一块儿喝咖啡不是真事，而是一场梦。"

随后她用法国话接着讲起昨天她怎样跟她的丈夫决裂，她的眼睛时而满是泪水，时而带着笑意，痴迷地瞧着奥尔洛夫。她说她的丈夫早已怀疑她,可是不肯说穿。他们常常吵架,往往在吵得最激烈的时候,他就突然闭口,走回他的书房,免得气头上一下子说出他的怀疑,也免得她自己公然道破。其实齐娜伊达·费多罗芙娜心里抱愧,觉得自己渺小,不敢跨出大胆而严肃的一步,因此一天天越来越恨自己,恨她的丈夫,像在地狱里那样痛苦。昨天吵架的时候,他用含泪的声调叫道:"这种局面什么时候才能了结啊,我的上帝?"说完,他又走回书房去了,可是她像猫追老鼠似的跟踪跑去,不容他关上房门就对他喊道:她恨透了他。当时他把她放进书房,她就索性把事情讲穿,承认她爱上了另一个人,那个人才是她真正的、最合法的丈夫;她认为她在良心上负有义务,今天无论如何得搬到他那儿去,哪怕有大炮轰她也不管。

"您有一种强烈的浪漫主义气质。"奥尔洛夫打断她的话说,可是他的眼睛没有离开报纸。

她笑起来,接着讲下去,根本没有碰她的咖啡。她的脸烧得绯红,这使她有点心慌,她难为情地看看我和波丽雅。根据她后来的叙述,我知道她的丈夫先是责备她,威胁她,最后淌下了眼泪,这就是他的回答。说得确切点,经受了一场战斗的不是她,而是他。

"是啊,我的朋友,我的神经兴奋的时候,一切倒还顺当,"她说,"不过一到夜里,我就泄气了。您,若尔日①,不相信上帝,可是我有点相信,我怕报应。上帝要求我们隐忍,宽宏大量,自我牺牲,我却不肯隐忍,想按我自己的心意安排生活。这对吗?如果上帝认为这样做不对呢?夜里两点钟,我丈夫走进我的房间,对我说:'我不许您走。我要找警察把您抓回来,闹他个满城风雨。'过一会儿,我一看,他又像个影子似的站在门口了。'您得顾到我。您私奔,可能会损害我的前程。'这些话狠狠地敲打我的心,弄得我仿佛全身生了锈似的。我心想,报应已经开头了,就害怕得发抖,

---

① 盖奥尔季的小名。

痛哭。我觉得好像天花板朝着我塌下来,我马上就会给押到警察局去,您会不再爱我,一句话,上帝才知道我想了些什么!我暗想,我索性抛开幸福,到修道院去,或者到什么地方去做护士。可是这时候,我猛地想起您爱我,我没有权利不告诉您就处置我自己。我的脑子就乱了,我灰心绝望,不知道该怎样想,怎样做才好。可是太阳一升上来,我又高兴起来了。我等到早晨,就坐上车子来找您。啊,我多么痛苦啊,我亲爱的。我一连两夜没有睡觉了!"

她疲乏,兴奋。她恨不能在同一个时间又睡觉,又不住地谈下去,又笑,又哭,还想到饭馆去吃早饭,为的是感到自己自由了。

"你这个住宅挺舒服,不过我担心两个人住会嫌小。"她喝过咖啡后很快地走遍各个房间,说,"你给我哪个房间呢?瞧,我看中了这一间,因为它在你的书房隔壁。"

从此以后她就把这个房间叫作她的房间。一点多钟,她在书房隔壁的这个房间里换了一身衣服,跟奥尔洛夫一块儿出去吃早饭。午饭他们也是在饭馆里吃的。在早饭和午饭之间那段很长的时间里,他们跑商店。我直到夜深还给商店的店员和送货员开门,从他们手里收下各种各样买来的物品。他们送来的东西中有一面上等的穿衣镜、一个梳妆台、一张床、一套我们不需要的豪华茶具。他们还送来一整套铜锅,我们就把它们陈列在我们空荡荡的、阴冷的厨房里的架子上。我们拆开茶具的包装,波丽雅的眼睛就发亮了。她带着憎恨的神情看了我两三次,生怕我抢在她前面,偷走这些漂亮茶杯中的一个。他们还送来一张女用写字台,很贵重,然而用起来不方便。显然,齐娜伊达·费多罗芙娜存心在我们这儿长住下来,做这个宅子的女主人了。

九点多钟,她和奥尔洛夫回来了。她由于做了一件大胆的、不平凡的事而感到十分自豪。她心里充满热爱,同时觉得自己也被人热爱着。她筋疲力尽,指望酣畅、甜蜜地睡一觉,总之,她陶醉在新生活里了。她心里洋溢着幸福,双手紧紧地互握着,反复说,一切都美满,起誓说她会永远爱他。她相信自己也被人深深地爱着,而且会永远爱下去。这种誓言和这种天真的、几乎可以说是幼稚的信心使她年轻了五岁。她说出许多可爱的废话,又嘲笑自己。

"再也没有比自由更高的幸福了!"她说,逼自己讲些严肃而有意义的话,"真的,你想想看,那是多么荒谬啊!哪怕我们自己的意见颇有道理,我们也会觉得没一点价值。我们反而在各式各样糊涂虫的意见面前发抖。这次,我一直到最后关头都在害怕别人的意见,可是等到我听从我自己的意见,决定按自己的心意生活,我的眼睛就睁开了,我才克服了我那种愚蠢的恐惧。现在呢,我幸福了,希望大家都能享受这种幸福才好。"

然而她的思路立刻断了,她讲起新住宅,讲起壁纸和马车,讲起到瑞士和意大利去旅游。可是奥尔洛夫跑饭馆,去商店,已经累得要命。他仍旧像我今天早晨发现的那样心神不定。他微笑着,可是与其说是由于快乐,不如说是出于礼貌。每逢她严肃地讲到什么,他总是讥诮地同意道:"嗯,是啊!"

"斯捷潘,赶快找个好厨师吧。"她转过脸来对我说。

"不应该先张罗厨房的事,"奥尔洛夫说,冷冷地瞧着我,"应当先搬家才对。"

他从来也不用厨房,不养马,因为,照他的话来说,他不喜欢"弄得家里不干不净"。他容许我和波丽雅住在他的住宅里只是出于不得已。所谓家庭以及它那些平凡的欢乐和争吵都败坏他的口味,成了庸俗的事。至于怀孕,生儿养女,谈论子女,那更是低级趣味,小市民习气。现在我不由得生出极其强烈的好奇心,要看一看这两个人怎样在同一所房子里相处下去,她是喜欢家庭生活和操持家务的,买下了铜锅,希望雇个好厨师,养一些马。他呢,常常对朋友们说,一个正派而喜爱洁净的人的家里如同军舰上一样不应当有什么多余的东西,不要有什么女人,子女,抹布,厨房用具。……

五

现在我要讲一讲本星期四所发生的事情。这一天,奥尔洛夫和齐娜伊达·费多罗芙娜是在康坦饭店或者多侬饭店①吃的午饭。饭后,回家来的却只有奥尔洛夫一个人。我后来才知道,齐娜伊达·费多罗芙娜到彼得堡城郊她原先的一个家庭女教师家里去了,以便在她那儿度过我们家里有客人的那段时间。奥尔洛夫不愿意让他的朋友们看见她。这是早晨他们喝咖啡的时候我知道的,当时他一再对她说,为了让她心情平静起见,她不能参加星期四的晚会。

---

① 彼得堡的两家饭店,康坦和多侬是饭店老板的名字。——俄文本编者注

照例,客人们几乎是在同一个时间到来的。

"女主人在家吗?"库库希金小声问我。

"没在家,先生。"我回答说。

他走进去,眼睛里闪出狡猾的、淫荡的目光,他神秘地微笑着,一边搓着冻得冰凉的手。

"恭喜恭喜,"他对奥尔洛夫说,发出谄媚阿谀的笑声,笑得周身发抖,"祝您多子多孙,像黎巴嫩雪松那样繁殖得快。"

客人们朝寝室走去,在那儿瞧见一双女人的便鞋、两张床之间的一块地毯、挂在床框上的一件灰色女上衣,就开了一阵玩笑。他们眉飞色舞,因为这个固执的人平时看不起恋爱中一切平凡的俗套,如今却突然这样简单而平凡地落在女人的罗网里了。

"嘲笑归嘲笑,到服帖的时候还是得服帖。"库库希金反复说了好几次。顺便提一下,他有一种讨厌的习惯,喜欢炫耀教会斯拉夫语。"轻一点!"他们从寝室出来,走到书房隔壁的房间去的时候,他把一根手指头举到嘴唇边,小声说,"嘘!玛加丽特①在这儿想念浮士德呢!"

他哈哈大笑,仿佛说了什么非常滑稽的话似的。我冷眼看着格鲁津,料想他那音乐的灵魂一定受不了这种笑声,可是我错了。他那一团和气的瘦脸快活得眉开眼笑。他们坐下来打牌的时候,他笑得上气不接下气,吐字不清地说,现在若尔日只差添置一根樱桃木的烟袋杆和一个六弦琴就可以使他的家庭幸福完美无缺了。彼卡尔斯基庄重地笑着,然而从他那聚精会神的脸色看得出来,他感到奥尔洛夫的新恋爱事件不是滋味儿。他不明白这究竟是怎么回事。

"那么她的丈夫怎么样了?"他打过三圈牌后茫然问道。

"我不知道。"奥尔洛夫回答说。

彼卡尔斯基伸出手指头理着他那把大胡子,就此

---

① 德国作家歌德(1749—1832)所著《浮士德》中的女主人公。

沉思不语，一直到吃晚饭。等到他们坐下来吃晚饭，他才拖长每个字的字音慢腾腾地说道：

"总之，对不起，我不了解你们两个人。你们可以按你们的心意相亲相爱，违犯第七诫①，这我倒能够理解。是啊，这在我是可以理解的。可是何必要让她的丈夫知道你们的秘密呢？难道这有必要吗？"

"可是，知道不知道，还不是一样？"

"嗯……"彼卡尔斯基沉思地说，"那么我要告诉你，我亲爱的朋友，"他接着说，显然在紧张地思考，"要是日后我续弦，而你有心给我戴绿帽子，那么你务必要做得别让我看出来。欺骗一个人，总比破坏这个人的生活秩序和名誉正直得多。我明白。你们俩以为公开同居是异常正直的、自由派的行为，可是我不能同意这种……怎么说好呢？……这种浪漫主义。"

奥尔洛夫一句话也没回答。他心绪不好，不想说

---

① 指《旧约·出埃及记》中所载的十诫之一：不可奸淫。

话。彼卡尔斯基仍旧想不通,用手指头敲着桌子,想了一阵,说:

"我仍旧不理解你们两个人。你不是大学生,她也不是女裁缝。你们俩都是有财产的人。我认为你尽可以给她另外安排一个家。"

"不,办不到。你读一读屠格涅夫的作品吧。"

"我何必去读他的作品呢?我已经读过了。"

"屠格涅夫在他的作品里教导我们说,任何一个高尚的、思想正直的姑娘都应当跟着她所爱的男人走遍天涯海角,去为他的思想工作,"奥尔洛夫说,讥诮地眯细眼睛,"天涯海角,这是诗的破格①,所谓天涯海角其实就在她所爱的男人的住宅里。因此,不跟爱你的女人生活在同一个住宅里,这无异于不准她完成她的崇高使命,不赞同她的理想。是啊,老兄,屠格涅夫这样一写不要紧,现在我可得吃苦头了。"

---

① 原文为拉丁语,此处有"诗人的高调"之意。

"我不懂这跟屠格涅夫有什么相干。"格鲁津耸耸肩膀,轻声说,"您,若尔日,总还记得《三次相会》里讲到有一天,那个男的很晚在意大利的什么地方走着,忽然听见:你偷偷地想着我,到我这儿来吧!①"格鲁津唱起来,"真好啊!"

"不过,她总不是硬要搬到你这儿来的吧,"彼卡尔斯基说,"是你自己希望这样的。"

"哎,哪儿会呢!我不但没有希望过,甚至不能想象有一天真会发生这样的事。当初她对我说她要搬到我这儿来,我还以为她是撒娇,说着玩的呢。"

大家都笑起来。

"我绝不会希望有这种事。"奥尔洛夫接着说,从他的口气听来,好像他被迫为自己辩白似的,"我不是屠格涅夫笔下的英雄②,如果哪一天我需要解放保加利亚,我也不会拉一个女人陪着我去。讲到恋爱,我首

---

① 原文为意大利语。
② 指屠格涅夫的长篇小说《前夜》中的男主人公英萨罗夫。

先把它看作我的卑下的、跟我的精神敌对的肉体的需要。这种肉体的需要必须审慎地加以满足,或者索性不去满足;要不然它就会把一些跟它本身同样肮脏的因素带到你生活里来。为了使这种需要成为快乐而不致成为痛苦,我总是极力把它美化,用许许多多幻象装点它。要是我事先不能肯定那个女人漂亮迷人,我就不到她那儿去。要是我兴致不佳,我也不去找她。只有在这样的条件下我们才能做到互相蒙哄,我们才能觉得我们被人爱着,我们才能幸福。那我怎么会希望买什么铜锅,看见没有梳过的头发,在我没有洗脸、心绪不好的时候被人看见呢?齐娜伊达·费多罗芙娜心地单纯,要我喜欢那些我生平避之惟恐不及的东西。她希望我的住宅里有厨房和抹布的气味。她要热热闹闹地搬到一个新住处去,坐着自己的马车出去兜风。她要照管我的内衣,为我的健康操心。她要每一分钟都干预我的私生活,注意我走的每一步路,同时又向我诚心诚意地担保,我仍然保留着我的习惯和自由。她打定主意,我们应当马上照年轻的新婚夫妇那样出去旅行一趟,那就是说,不管在火车的包房里也好,在旅馆里也好,她都要守着我,寸步不离。可是我却喜欢在旅途上看书,要我谈话我可受不了。"

"那你就对她讲明白好了。"彼卡尔斯基说。

"那怎么行?你以为她会明白我的意思?哪能啊,我和她的思想相差太远了!依她的看法,离开父母或者丈夫,投奔她所心爱的男人,那是崇高的勇敢精神的顶峰,可是依我的看法,这却是幼稚。爱上一个男人,跟他同居,这在她就是新生活的开始,可是依我的看法,这毫无意义。爱情和男人是她生活的核心,在这方面也许是下意识哲学在她心里作怪吧。你就是费尽唇舌也没法叫她相信爱情如同食物和衣服一样,无非是一种简单的需要罢了。世界根本不会因为夫妇不和而毁灭。一个好色的人和猎艳家可能同时又是个有天才和高尚的人。另一方面,弃绝爱情乐趣的人同时也可能是头愚蠢而恶毒的畜生。当代的文明人,甚至那些下层人,比方说,法国工人,一天也总是为吃饭花掉十个苏①,为饭前的葡萄酒花掉五个苏,为女人花掉五个到十个苏,而把自己的智慧和精力统统用在工作上。可是齐娜伊达·费多罗芙娜为爱情付出去的却不是几个苏,而是她的整个灵魂。我固然可以讲明白这层道理,可是她的回答就会是真诚的喊叫,说我毁了她,说她的生活里就此空荡荡,什么也没有了。"

"那你就什么也不用说,"彼卡尔斯基说,"光是给她另找一个单独的住宅。那就行了。"

"这办法说说容易。……"

大家沉默了一会儿。

"不过她挺可爱,"库库希金说,"她美极了。这样的女人总以为自己会永远爱下去,热烈地献出自己。"

"可是人的肩膀上总得有个脑袋才成,"奥尔洛夫说,"人得用头脑思考。我们从日常生活以及流传不

---

① 法国旧辅币名,一个苏等于二十分之一法郎。

朽的无数小说和剧本中获得的全部经验都一致肯定，在上流人中间，私通和同居，不管起初的爱情是什么样儿，总不能维持到两年以上，至多不过三年。这一点她应当知道才对。因此，什么搬家啦，锅子啦，希望永久相爱、亲密无间啦，这一切无非是她对自己和对我的愚弄罢了。她又可爱又娇媚，这一点有谁否认？可是她把我的生活秩序打乱了，她硬逼着我把我以前一直认为是琐碎无聊的事提高到严肃问题的水平。我在对偶像顶礼膜拜，可我从来不认为它是神。她又可爱又娇媚，可是不知什么缘故，现在我下班回家，心绪总是不好，仿佛我预料会在家里遇到什么不方便的事，例如砌炉工人拆掉炉子，把砖头堆成了山。一句话，我为爱情付出去的代价不是一个苏，而是我的一部分安宁和平静。这真糟透了。"

"可惜她没听见这个无赖的话！"库库希金叹口气说，"先生，"他像演戏似的说，"我来帮您卸掉爱这个美人儿的沉重义务吧！我要把齐娜伊达·费多罗芙娜从您手里夺过来!"

"您管自夺去好了……"奥尔洛夫满不在乎地说。

库库希金用尖细的嗓音笑了半分钟,周身发抖,然后说:

"当心,我不是开玩笑!事后您可千万别演奥赛罗那个角色!"

大家就谈起库库希金在情场中那种永不衰竭的精力,谈起女人对他怎样倾倒,谈起他对那些做丈夫的来说多么危险,谈起他那么贪色,日后到另一个世界,会被魔鬼放在火上烤。他眯细眼睛,一句话也不说,每逢人家说到他所认识的太太,他就伸出小指来警告——千万不能揭发别人的隐私啊。奥尔洛夫忽然看一下怀表。

客人们明白了,纷纷起身告辞。我还记得格鲁津这一回带着几分醉意,懒洋洋地穿了半天上衣,他那件上衣就像不富裕的家庭里给孩子们做的宽大长衣。他竖起衣领,开始冗长地讲一件什么事,后来看出别人没有听他讲话,就把那件有儿童室气味的方格呢大衣披在肩膀上,带着惭愧和恳求的脸色要我去找他的帽子。

"若尔日,我的天使!"他温柔地说,"好朋友,您听我说,我们现在到城外①去吧!"

"你们去吧!我不行。如今我是处在有妇之夫的地位了。"

"她是个极好的女人,不会生气的。我的好上司,我们一块儿去吧!天气挺好,大风雪,严寒。……说实在的,您得散散心才行。您心绪不好,鬼才知道您是怎么回事。……"

奥尔洛夫伸个懒腰,打个哈欠,瞧着彼卡尔斯基。

"你去吗?"他犹豫地问。

"我不知道。去就去。"

"我会不会喝醉呢,啊?嗯,好吧,我去就是了,"奥尔洛夫迟疑一下,决定下来,"你们等一等,我去

---

① 指到游乐园去。

取钱。"

他走进书房,格鲁津懒洋洋地跟在他后面,身后拖着那件方格呢大衣。过了一分钟,他们俩回到前厅来。带着醉意、十分满足的格鲁津,手里捏着一张十卢布钞票。

"我们明天再算账吧,"他说,"她呢,心眼好,不会生气的。……她是我的丽左琪卡的教母,我喜欢她,可怜的人。哎,好老兄!"他说,忽然笑起来,把额头抵在彼卡尔斯基的后背上,"哎,彼卡尔斯基,我的亲人,你虽是个大律师,铁面无情,不过想必还是喜欢女人的。……"

"您得补充一句,他喜欢胖女人,"奥尔洛夫说,穿上皮大衣,"不过,我们走吧,要不然,我们说不定就会在门口遇上她。"

"你偷偷地想着我,到我这儿来吧!"格鲁津唱起来。

最后,他们走了。奥尔洛夫没有在家里过夜,第二天将近吃午饭的时候才回来。

六

齐娜伊达·费多罗芙娜丢失了一个小金表,那是以前她父亲送给她的。这次金表的丢失使她又惊讶又害怕。她花了半天工夫走遍各个房间,心神恍惚地查看所有的桌子和窗台,可是那个表却好比石沉大海,影踪全无了。

这以后不久,过了两三天,齐娜伊达·费多罗芙娜从外面回来,把她的钱包忘在前厅里了。说来也是我的运气好,这一次不是我帮她脱大衣,而是波丽雅。等到她发现钱包不在,寻找起来,前厅里的钱包已经不见了。

"奇怪!"齐娜伊达·费多罗芙娜大惑不解地说,"我记得很清楚,当时我把它从衣袋里拿出来,为了付马车钱……后来就把它放在镜子旁边这个地方。

怪事!"

我没有偷,可是我却有一种感觉,仿佛我偷了东西被人抓住了似的。我甚至流出眼泪来了。他们坐下来吃午饭的时候,齐娜伊达·费多罗芙娜用法国话对奥尔洛夫说:

"我们这儿闹鬼。今天我把钱包丢在前厅里,可是刚才一看,它却在我的桌子上。不过那些鬼玩这个花招可不是没有私心的。他们取走一个金币和二十卢布作为报酬呢。"

"您一会儿丢表,一会儿又丢钱……"奥尔洛夫说,"为什么我就从来也没有发生过这类事呢?"

过了一会儿,齐娜伊达·费多罗芙娜已经忘记鬼玩的花招,笑着讲起上个星期她订购过一些信纸,可是忘了说明她的新住址,商店就把信纸送到旧住处去交给她的丈夫,她的丈夫不得不照单付了十二卢布。忽然她把眼光停在波丽雅身上,定睛瞧着她。这时候她脸红起来,心慌意乱,赶紧说别的事了。

我把咖啡送到书房里去,奥尔洛夫正站在壁炉旁边,背对着火,她坐在一把圈椅里,脸对着他。

"我根本不是心情恶劣,"她用法国话说,"不过我刚才细细一想,事情就全明白了。我说得出她是在哪天,甚至哪个钟头偷走我的表的。钱包呢?那更是毫无疑义。哦!"她笑着说,从我手里接过咖啡去,"现在我才明白为什么我常常丢掉手绢和手套。不管你怎样想,反正明天我要辞掉这只喜鹊,打发斯捷潘去把我的索菲雅找来。索菲雅不是贼,而且她长得也不是那副……讨厌相。"

"您心绪不好。明天您的心绪就会不同,那就会明白不能仅仅因为怀疑一个人如何如何就把这个人撵走。"

"我不是怀疑,而是确信这是事实,"齐娜伊达·费多罗芙娜说,"先前我怀疑过那个一脸倒霉相的无产者,您的听差,可是我什么话也没说。真糟糕,若尔日,您都不信我的话了。"

"如果我在一件事情上跟您的看法不同,那并不等于说我不信任您。就算您说得对吧,"奥尔洛夫说,回过身去对着炉火,把他的烟头丢进火里,"可是也仍旧不应该这么激动。总之,老实说,我没有料到我这个小小的家会惹得您这么烦恼和激动。您丢了一枚金币,哦,那也没什么,您管自在我这儿拿哪怕一百枚去也成,至于改变生活秩序,从街上另找个使女来,等她习惯这个地方的活儿,那得很长时间,简直太乏味了,我可不喜欢这样。我们现在这个使女虽然长得胖,也许喜欢手绢和手套什么的,不过另一方面,她做事倒很得体,懂规矩,库库希金捏她一下,她也不尖声叫喊。"

"一句话,您舍不得跟她分手。……您就照实说吧。"

"您吃醋了?"

"对,我吃醋了!"齐娜伊达·费多罗芙娜斩钉截铁地说。

"多谢多谢。"

"对,我吃醋了!"她又说一遍,她的眼睛里闪着泪花,"不,这不是吃醋,而是比这更糟……我都难于找出一个词儿来称呼这种感觉。"她用两只手按住鬓角,继续激动地说下去,"你们这些男人都这么卑鄙可恶!这真可怕!"

"我看不出这件事有什么可怕的。"

"我没亲眼看见过,我不知道,可是据说你们男人还在小时候就跟使女勾勾搭搭,后来养成习惯,一点也不觉得恶心。我不知道,我不知道,然而我甚至在书上都读到过。……若尔日,当然,你说得对,"她走到奥尔洛夫跟前,转而用亲热和恳求的口气说,"真的,我今天心绪不好。不过你明白,我不可能不生气。我讨厌她,怕她。我一看见她就受不了。"

"难道您就不能站得比这些琐碎的事高一点?"奥尔洛夫说,困惑不解地耸耸肩膀,从壁炉那儿走开,"要知道,再也没有比这更简单的了:您别把她放在眼里,她就不会惹得您讨厌,您也就不用为一点小事演整整一出戏了。"

我走出书房,不知道奥尔洛夫听到了什么样的回答。不管怎样,波丽雅在我们这儿留下来了。这以后齐娜伊达·费多罗芙娜再也不支使她做什么事,显然极力不要她来服侍她。每逢波丽雅给她端来什么东西,或者甚至只是在她身旁走过,镯子玎玲玎玲响,裙子沙沙作声,她就会浑身打战。

我想,如果格鲁津或者彼卡尔斯基要求奥尔洛夫辞退波丽雅,他就会毫不犹豫地照办,不用人家费什么口舌。他为人随和,就跟一切冷漠无情的人一样。然而不知什么缘故,在他跟齐娜伊达·费多罗芙娜的关系中,他哪怕在小事上也寸步不让,有时候竟到了任性的地步。我事先就能知道,如果齐娜伊达·费多罗芙娜喜欢什么,他就一定不会喜欢。她从商店回来,匆匆忙忙把新买的东西摊在他的面前,他总是随便看上一眼,冷淡地说家里多余的东西越多,空地方就越少。有时候他已经穿好燕尾服准备到什么地方去,而且已经跟齐娜伊达·费多罗芙娜告别,却忽然发了犟脾气,偏偏留在家里不走。在这种时候,依我看来,他留在家里纯粹是为了要叫自己感到不幸罢了。

"为什么您又留下来不走了?"齐娜伊达·费多罗芙娜假装烦恼地说,而事实上却高兴得满脸放光,"为什么呢?您习惯了傍晚不待在家里,我可不希望您为我改变您的习惯。要是您不希望叫我心里负疚,您就管自去吧,去吧。"

"难道有谁怪罪您了?"奥尔洛夫说。

他带着受害者的神情在书房里的圈椅上坐下,用手遮住眼睛,拿起一本书来。然而不久这本书就从他手里掉下来,他笨重地在圈椅上扭动身子,又用手遮住眼睛,仿佛要挡住阳光似的。这时候他已经因为没有出去而懊恼了。

"可以进来吗?"齐娜伊达·费多罗芙娜说,迟疑不定地走进书房来,"您在看书?我闷得慌,就来看看您……一会儿就走。"

我记得,有一天傍晚她就是这样迟迟疑疑、不合时宜地走进来,在奥尔洛夫脚旁的地毯上坐下来。从她那种胆怯和轻手轻脚的动作可以看出来,她不了解他的心情,暗自害怕。

"您老是看书……"她讨好地说,显然想博得他的欢心,"若尔日,您知道您的成功秘诀里有一条是什么?那就是您有学问、有头脑。您在看什么书啊?"

奥尔洛夫回答了一句话,接着沉默了几分钟,而这几分钟我觉得很长。我在客厅里站着,在那儿观察他们两个人,生怕自己咳嗽起来。

"我有话想跟您说……"齐娜伊达·费多罗芙娜小声说,笑了起来,"可以说吗?您听了也许会发笑,说这话是自我陶醉。您猜怎么着,我一心想,一心想您今天是为了我才留在家里的……好跟我一块儿消磨这个傍晚。对吗?可以这样想吗?"

"您管自这么想吧,"奥尔洛夫说,用手遮住眼睛,"真正幸福的人不但想实际存在的东西,甚至还想实际不存在的东西。"

"您这句话太长了,我没有完全听明白。那么,您是想说幸福的人生活在幻想中?对,这是实话。我每到傍晚就喜欢坐在您的书房里,让我的思想把我带到远远的,远远的地方去。……幻想往往是愉快的。来,若尔日,我们索性来谈谈我们的幻想吧!"

"我没有读过贵族女子中学,不精通这门学问。"

"您心绪不好?"齐娜伊达·费多罗芙娜问,抓住奥尔洛夫的手,"您说说:这是为什么?每逢您这样,我总是感到害怕。我不明白,这究竟是因为您头痛,还是因为生我的气。……"

又在沉默中过了漫长的几分钟。

"为什么您的态度变了?"她轻声说,"为什么您不像往常在兹纳敏街那么温柔、快活了?我在您这儿住了差不多一个月,可是我觉得我们好像还没有开始生活似的,什么事都还没有好好地谈过。您老是拿玩笑来回答我的话,要不然,就说得又冷淡又长,像是老师在讲课。就连您的玩笑话也有一种冷冰冰的味道。……为什么您不再跟我正正经经地谈话了?"

"我说话素来是正正经经的。"

"好,那我们就来谈谈吧。看在上帝面上,若尔日。……谈谈好吗?"

"谈吧。可是谈什么呢?"

"我们来谈谈我们的生活,我们的未来……"齐娜伊达·费多罗芙娜沉思地说,"我一直在计划我们的生活,一直在计划,我心里愉快极了!若尔日,我从提问题开始吧:您什么时候辞掉您的职务?"

"这是为什么?"奥尔洛夫问,把放在额头上的手放下来。

"有您那种见解的人不能担任公职。这对您不合适。"

"我的见解?"奥尔洛夫问,"我的见解?按信念和性情来说,我是个普通的文官,谢德林笔下的人物。我看,您一定把我错看成另外一种人了。"

"您又在开玩笑,若尔日!"

"一点也没有。这种职务也许并不使我满意,不过,对我来说,它毕竟比别的工作好。我在那儿已经习惯了,那儿的人都跟我一样。无论如何,我在那儿不能算是个多余的人,我觉得在那儿还过得不错。"

"您痛恨官场,您讨厌做官。"

"是吗?要是我递上辞呈,述说我的幻想,飞到另外一个世界去,那您以为,对我来说,那个世界就会比官场少可恨些吗?"

"您为了反驳我,甚至甘愿毁谤自己,"齐娜伊达·费多罗芙娜不痛快地说,站起身来,"我后悔不该开始这场谈话。"

"您何必生气呢?我并没有因为您不做官而生气啊。各人总是按各人的心意生活的。"

"那么,难道您是按您的心意生活?难道您感到自由?您一辈子写那些违背您信念的公文,"齐娜伊达·费多罗芙娜接着说,绝望地把两只手合起来一拍,

"在上司面前低声下气,给上司拜年,再就是打牌,打牌,打牌,而且主要的是您得为您所不可能喜爱的那种制度服务。不,若尔日,不!您不该开这种玩笑。这太可怕了。您是个有思想的人,只应当为思想工作。"

"真的,您把我错看成另一种人了。"奥尔洛夫叹口气,说。

"您干脆说您不想跟我谈话好了。您讨厌我,就是这么回事。"齐娜伊达·费多罗芙娜含着眼泪说。

"您听着,我亲爱的,"奥尔洛夫在圈椅上坐正,带着教训的口气说,"刚才承您的情,说我是个有学问、有头脑的人,那么,教导一个有学问的人就只会弄巧成拙。您刚才称呼我是有思想的人,您心目中所指的那些渺小的和伟大的思想,我都知道得很清楚。因此,如果我宁可做官和打牌而不要那些思想,那我总有我的道理。这是一。第二,据我所知,您从来也没有做过官,您对政府官职的判断只可能是从传闻和坏小说里得来的。所以我们不妨就此说定:不谈那些我们早已知道的事情,也不谈那些我们没有资格评论的事情。"

"为什么您对我说这种话?"齐娜伊达·费多罗芙娜说,退后一步,仿佛吓坏了似的,"为什么?若尔日,看在上帝面上,您该清醒一下!"

她的说话声颤动一下,断了。她分明想忍住眼泪,可是忽然大哭起来。

"若尔日,我亲爱的,我完了!"她用法国话说,很快地在奥尔洛夫面前跪下,把头枕在他的膝盖上,"我痛苦极了,我筋疲力尽,我再也受不住了,再也受不住了。……我小时候,折磨我的是我那可恨的、淫荡的后娘,后来是我的丈夫,现在呢,是您,您。……我发疯般地爱您,而您却用讥诮和冷淡来报答我。……还有那个可怕的、老脸皮的使女!"她哭着说下去,"是啊,是啊,我明白,我不是您的妻子,也不是您的朋友,而是一个因为做您的情妇而得不到您尊敬的女人。……那我自杀就是!"

我没有料到这些话和这场痛哭会对奥尔洛夫产生

那么强烈的影响。他脸红了,身子不安地在圈椅上扭动,脸上的讥诮神情消失,现出茫然的和孩子般的恐慌模样。

"我亲爱的,我对您赌咒,您没有了解我的意思。"他慌里慌张地嘟哝着,摩挲她的头发和肩膀,"请您原谅我,我求求您。我不对,而且……我恨我自己。"

"我刚才的诉苦和牢骚侮辱了您。……您是个正直的、宽宏大量的……天下少有的人,这一点我随时都能体会到。可是这些天来我苦恼透了。……"

齐娜伊达·费多罗芙娜猛地搂住奥尔洛夫,吻他的脸。

"只是您别哭,千万别哭了。"他说。

"不哭,不哭了。……我已经哭够,心里轻松了。"

"至于那个使女,明天一定不要她再留在这儿。"他说,身子仍旧不安地在圈椅上扭动。

"不,让她留下,若尔日!您听见吗?我再也不怕她了。……小事不应当放在心上,不应当胡思乱想。

您说得对。您真是个天下少有的……了不起的人!"

她很快就止住了哭。她在奥尔洛夫的膝盖上坐下,睫毛上闪着还没有干的泪花,低声细语地对他讲了些动人的话,像在回忆童年和青年时代。她伸出手来抚摸他的脸,吻他,细细地看他那只戴着戒指的手和他表链上的表坠。她讲得入了迷,由于挨近她所爱的人而陶醉了。大概刚才的眼泪洗净了她的灵魂,使她的灵魂充满了生气,总之她的说话声显得异常纯洁诚恳。奥尔洛夫抚弄她那栗色的头发,无言地把她的手送到他的唇边吻着。

后来他们在书房里喝茶,齐娜伊达·费多罗芙娜大声念一些信。到十二点多钟,他们就去睡了。

这天晚上我胸口痛得厉害,直到凌晨还没睡暖和,睡不着。我听见奥尔洛夫从寝室里走出来,到他的书房去。他在那儿大约坐了一个钟头之后,摇了摇铃。我身上痛,而且疲乏得很,忘了一切规矩和礼貌,只穿着内衣,光着脚往书房走去。奥尔洛夫穿着睡衣,戴着睡帽,站在门口等我。

"叫你的时候,你得穿整齐了再来,"他厉声说道,"再拿几根蜡烛来。"

我刚要道歉,可是忽然很厉害地咳嗽起来。为了免得跌倒,我就伸出一只手去抓住门框。

"您有病?"奥尔洛夫问。

自从我们相识以来,这好像还是第一次他对我称呼"您"。上帝才知道这是什么缘故。大概我只穿着内衣,咳嗽得脸色大变,因而没有把我的角色演好,不大像听差吧。

"既然您有病,为什么还来干活?"他说。

"免得饿死啊。"我回答说。

"这种事,说真的,糟透了!"他轻声说着,往他的桌子那儿走去。

我穿好衣服,放好新蜡烛,点上,这时候他已经在桌子旁边坐下,把两只脚伸到一把圈椅上,用刀子裁开一本书的书页了。

我走了,留下他一个人在那儿专心看书,那本书不再像平时晚上那样从他手里掉下来了。

七

我写到这里,有一种从小就在我心里养成的恐惧感牵制着我的手:我害怕自己再写下去会显得肉麻可笑。每逢我想对人亲热一下,说几句温柔的话,我总是不善于表现得自然而诚恳。就因为这种恐惧感,再加上缺乏经验,使我说不大清楚究竟那时候在我的灵魂里起了什么样的变化。

我并没有爱上齐娜伊达·费多罗芙娜,不过我对她怀着的那种普普通通的人类感情却比奥尔洛夫的爱情包含着多得多的青春活力、朝气和欢乐。

每天早晨,当我拿着鞋刷或者扫帚干活的当儿,我屏住气息,总是盼着最后听到她的说话声和脚步声。她先是喝咖啡,后来吃早饭,我都站在一旁瞧着她。她走到前厅,我就把皮大衣递给她。我把套鞋穿到她那双小小的脚上,她就伸出手来扶住我的肩膀。过后,我总是盼着楼下的看门人拉铃叫我,我好跑到门口去迎接她,看见她冻得脸蛋儿发红,身上带着寒气,沾满雪花,听她发出短促的惊叫声,说到天冷,说到马车夫。但愿您能知道这一切在我是多么重要!我一心巴望落入情网,有一个我自己的家庭,一心巴望我未来的妻子正好有这样的脸,这样的说话声。我吃饭也好,受主人差遣在街上走动也好,晚上失眠的时候也好,我总是在幻想。奥尔洛夫厌恶地抛掉女人的衣服、子女、厨房、铜锅,我却拾起这一切,把它们珍藏在幻想里,爱它们,要求命运把它们赐给我。我常常梦想妻子、婴儿室、花园里的小径、小屋。……

我知道,即使我爱上她,我也不敢指望会发生她同样爱我的奇迹;不过这种想法却没有使我感到不安。我那朴实、平和的感情类似普通的好感,其中并不包含对奥尔洛夫的嫉妒,连羡慕都说不上;因为我明白,对我这样病弱的人来说,个人幸福只有在梦中才可能找到。

每逢齐娜伊达·费多罗芙娜夜间等她的若尔日回来,呆望着一本书,书页也不翻;每逢她看见波丽雅穿过房间,不由得全身打战,脸色发白,——每逢这种时候,我总是跟她一块儿痛苦,脑子里生出一个想法:索性快点挑破这个恼人的脓疮,快点让她知道星期四他们在这儿吃晚饭的当儿所说的那些话吧。可是,怎样才能做到这一点呢?我越来越经常地看到她流泪。开头几个星期,即使奥尔洛夫不在家,她也笑嘻嘻的,唱她的曲子,可是到了第二个月,我们这个寓所就充满郁闷、沉静的气氛,只有星期四才热闹一下。

她向奥尔洛夫讨好。为了从他那儿得到假意的一笑和亲吻,她老是跪在他面前,跟他亲热,好比一条可怜的小狗。她走过一面镜子,哪怕心里很难过,也会忍不住照一照,理一下头发。她仍旧关心打扮,仍旧为买回来的东西高兴,我暗暗觉得奇怪。这跟她那真诚的悲伤有点不相称。她注意时髦的衣服式样,定做贵重的衣服。这是为什么,穿给谁看?我特别记得一件新衣服,价值四百卢布。为一件多余的、不必要的衣服竟然肯花四百卢布,而我们那些女工却靠着苦役般的劳动每天只挣到二十戈比,伙食还要自理,至于那些威尼斯的和布鲁塞尔的花边女工,每天也只得到半个法郎,老板们指望她们靠卖笑来补贴家用。齐娜伊达·费多罗芙娜竟没理会这一点,我暗自觉得奇怪,心里很气恼。不过只要她一走出家门,我就又原谅这一切,为这一切找出解释,盼着看门人在楼下拉铃叫我了。

她对待我的态度就是对待听差,对待下等人的态度。人可以摩挲一条狗而同时又不觉得有这么一条狗存在。人们差遣我,问我话,可是没理会到有我这样一个人在场。这两个主人都认为,跟我讲话超出通常主人对仆人说话的范围,那就有失体统。如果我伺候他们吃饭,在他们的谈话里插一句嘴,或者笑起来,他们就一定会认为我发了疯,打发我卷铺盖。不过齐娜伊达·费多罗芙娜对我总算另眼相看。每逢她派我到什么地方去,或者对我解释怎样使用新式灯盏这一类的事情,她的脸容总是异常开朗,和善,亲切,她的眼睛直视着我的脸。在这种时候,我每回都觉得她带着感激的心情想起我以前常常送信到兹纳敏街去。她一摇铃,那个认为我是她的亲信,因此恨我的波丽雅就会冷笑说:

"去,你的女主人在叫你呢。"

齐娜伊达·费多罗芙娜把我看作下等人,却没有料到这所房子里如果有谁处在卑下的地位,那就是她。她不知道我这个听差在为她难过,我一天总要问自己二十次,在前面等待她的是什么,这局面会怎样了结。事情分明一天天坏下去。自从那天傍晚他俩谈论官职以后,不喜欢看到眼泪的奥尔洛夫显然害怕和回避和她谈话了。每逢齐娜伊达·费多罗芙娜开始跟他争执,或者恳求他,或者准备哭出来,他总是找个适当的借口退到书房里去,或者索性走出家门。他越来越少在家里过夜,在家里吃饭的时候就更少了。每到星期四,他总是要求他那些朋友带他到城外去玩。齐娜伊达·费多罗芙娜却照先前那样梦想她的厨房,梦想着新的住宅和国外旅行,然而梦想始终是梦想。她的饭食仍旧由饭馆送来,而搬家问题,奥尔洛夫要求她在出国旅行归来以后再提,至于旅行,他则说要等他的头发留长以后才能动身,因为没有长头发,那可不能从这家旅馆跑到那家旅馆,也不能为理想工作呀。

除此以外,傍晚奥尔洛夫不在家的时候,库库希金倒常来拜访。他的举动并没有什么特别的地方,不过我仍旧怎么也忘不了他在那次谈话中说过要从奥尔洛夫手里把齐娜伊达·费多罗芙娜夺过去的话。她请他喝茶,喝红葡萄酒,他呢,嘻嘻地笑着,想讲点讨好的话,就一再说,自由结合在各方面都比在教堂里结婚强,实际上所有的正派人都应当到齐娜伊达·费多罗芙娜这儿来,拜倒在她的脚跟前才对。

八

圣诞节过得冷冷清清,隐约透露了不祥的兆头。除夕早晨,喝咖啡的时候,奥尔洛夫出人意外地宣布,说上司派他带着特殊的使命去找一位枢密官,那人正在某省视察工作。

"我不愿意去,可是又想不出借口来!"他烦恼地说,"只好去一趟,没法子呀。"

听到这样的消息,齐娜伊达·费多罗芙娜顿时眼圈红了。

"要去很久吗?"她问。

"五天左右。"

"老实说,你出去一趟,我倒为你高兴,"她沉吟一下,说,"你可以散散心。你兴许会在路上爱上什么人,那么事后也不妨对我讲讲。"

她一有机会,总要极力让奥尔洛夫明白,她一点也不会妨碍他,他要怎样就可以怎样。这种并不巧妙、一眼就能给人看穿的手段丝毫也不能欺骗任何人,反而又一次使得奥尔洛夫感到他并不自由。

"我今天傍晚动身。"他说,开始看报。

齐娜伊达·费多罗芙娜打算送他到火车站去,可是他劝住她,说他又不是到美洲去,也不是去五年,总共只出去五天,甚至不到五天也未可知。

七点多钟,他们告别了。他伸出一条胳膊搂住她,吻她的额头和嘴唇。

"你乖乖地待在家里。我不在,你别心烦。"他用亲切热诚的口气说,连我都听得感动了,"求主保佑你。"

她凝神瞧着他的脸,好把他那亲切的脸容更深地印在她的记忆里,然后她优美地伸出两条胳膊搂住他的脖子,把头枕在他的胸前。

"你要为我们那些误会原谅我,"她用法国话说,"夫妇如果相爱,就不可能不拌嘴。我爱你爱得发疯。

别忘记我。……常打电报回来,写得详细点。"

奥尔洛夫又吻她一下,然后什么话也没说,慌张地走了出去。等到房门关上,门锁咔嗒响了一声,他就在楼梯半中腰迟疑地站住,往上看一眼。我觉得,这时候楼上如果传来一点响声,他好像就会往回走似的。可是楼上静悄悄。他理一下大衣,犹豫不定地走下楼去。

雇来的雪橇早已在大门口等着了。奥尔洛夫坐上一辆,我带着两口皮箱坐上另一辆。天气严寒,十字路口的火堆正在冒烟。雪橇跑得快,冷风刺痛我的脸和手,弄得我透不出气来。我闭上眼睛暗想:她是一个多么出色的女人啊!她爱得多么深!现在,就连各个人家的废品都有人来收去,带着行善的目的卖掉,碎玻璃都被认为是好货,可是这样一个年轻、优雅、相当聪明的正派女人的爱情,这么宝贵、这么珍奇的东西,却没有一点用处而被白白丢掉了。一个古代的社会学家认为,各种各样粗俗的激情,只要善于疏导,就可以变为有益的力量;可是在我们这儿,即使有高尚而优美的激情迸发,过后也会变得软弱无力,得不到正确的疏导,不被人们理解,或者给弄成庸俗低级了。这是为什么呢?

雪橇出人意外地停住了。我睁开眼睛,看见我们停在谢尔吉耶夫街上彼卡尔斯基住着的那所大房子旁边。奥尔洛夫下了雪橇,走进大门,不见了。过了五分钟,门口出现彼卡尔斯基的听差,他没戴帽子,因为天冷而生气,对我吆喝道:

"你耳朵聋了还是怎么的?打发车夫走掉,上楼去。老爷叫你!"

我什么也不明白,走上二楼。我从前就来过彼卡尔斯基的这个住宅,站在前厅里,瞧着大厅。每次我从潮湿阴沉的街上走进来,这所房子里擦得雪亮、放光的画片镜框、青铜器、贵重的家具就弄得我眼花缭乱。现在,我在这熠熠生辉的屋子里看见了格鲁津和库库希金,过一会儿又看见了奥尔洛夫。

"你听着,斯捷潘,"他走到我跟前说,"我在这儿住到星期五或者星期六。如果有信和电报,就每天给我送到这儿来。当然,你回到家里,就说我走了,吩咐你问她好。你现在回去吧。"

我回到家里,齐娜伊达·费多罗芙娜正在客厅里一张沙发上躺着吃梨。这儿只点着一支蜡烛,插在枝形烛台里。

"没有误了火车吗?"齐娜伊达·费多罗芙娜问。

"没有,太太。老爷吩咐我问您好。"

我回到下房,也躺了下来。我没有事情可做,也不想看书。我没有感到惊讶,也没有感到愤慨,只是绞着脑汁,暗自思索:何苦要搞这种骗局?只有十几岁的少年才会这样欺骗情人。像他这样一个博览群书、很有头脑的人难道就想不出一个比较聪明的办法?老实说,我倒并不低估他的聪明才智。我想,假使他需要欺骗大臣或者其他有势力的人,他就会为此花费很多的精力和心机;可是眼前是要欺骗一个女人,显然,那就随便想出一个什么办法来都行。骗局能够成功固然很好,不成功也没有多大关系,不妨再照这样简单快当地撒一次谎,用不着费多大的心思。

午夜,那些住在我们楼上的人迎接新年,挪动椅子,发出欢呼声,这时候齐娜伊达·费多罗芙娜却在书房隔壁的房间里拉铃叫我。她因为躺了很久而变得懒洋洋,此刻正靠桌子坐着,在写一张字条。

"我得打个电报才成,"她说,微微一笑,"您赶快坐车到火车站去,请他们把这个电报发出去。"

后来我走到街上,看到字条上写着:"祝你新年好,得到新的幸福。赶快回电,我寂寞极了。度日如年。可惜电报不能带给你一千个吻和我的心。祝你快乐,我亲爱的。齐娜。"

我发了这个电报,第二天早晨把收据交给她。

九

最糟的是奥尔洛夫不加考虑就把他的骗局的秘密

也让波丽雅知道了,他吩咐她把他的衬衫送到谢尔吉耶夫街去。这以后她就带着幸灾乐祸的神情,带着我不能理解的仇恨眼光瞧着齐娜伊达·费多罗芙娜,老是在她自己的房间里和前厅里暗自得意,抿着嘴轻声地笑。

"她在这儿住得太久了,应该知趣才是!"她兴高采烈地说,"她应该放明白点。……"

她已经敏感地预感到齐娜伊达·费多罗芙娜在我们这儿不会住太久了。她为了不错过时机,就见什么拿什么。香水啦,玳瑁发簪啦,手绢啦,皮鞋啦,她统统偷走。新年第二天,齐娜伊达·费多罗芙娜把我叫到她的房间里,低声告诉我说,她的一件黑色连衣裙不见了。后来她在各个房间里走来走去,脸色苍白,又惊恐又气愤,自言自语说:

"怎么会有这样的事?嘿,怎么会有这样的事?真是闻所未闻,太不像话!"

吃午饭的时候,她想给自己舀汤,可是不行,她的手发抖。她的嘴唇也发抖。她狠狠地瞧着汤和馅饼,等她的颤抖平静下去。忽然,她忍不住瞧一眼波丽雅。

"波丽雅,您可以走开,"她说,"有斯捷潘一个人在就行了。"

"不要紧,太太,我站一会儿。"波丽雅回答说。

"用不着您在这儿站着。您干脆走掉……干脆走掉!"齐娜伊达·费多罗芙娜十分激动地站起来,接着说,"您可以另找工作。您现在就走!"

"没有老爷的吩咐,我不能走。我是他雇来的。他怎么吩咐,我就怎么办。"

"我也能吩咐您!我是这儿的女主人!"齐娜伊达·费多罗芙娜脸涨得通红,说。

"也许您是女主人,不过只有老爷才能辞退我。我是他雇来的。"

"不准您在这儿多待一分钟!"齐娜伊达·费多罗芙娜叫道,用刀子敲了一下碟子,"您是贼!听见了吗?"

齐娜伊达·费多罗芙娜把食巾往桌上一丢,脸色可怜而痛苦,很快地走出饭厅去了。波丽雅放声大哭,嘴里嘟嘟哝哝,也走了出去。汤和松鸡都凉了。不知什么缘故,这份由饭馆送来放在桌子上的精美菜肴在我的眼睛里显得缺斤短两,贼头贼脑,跟波丽雅一样。碟子上的两个馅饼现出极可怜的、有罪的样子。"今天我们就要给送回饭馆里去,"它们似乎在说,"可是明天又会给端到一个文官或者名伶的午饭桌上。"

"好神气的一位太太,真了不起!"波丽雅的说话声从她的房间里传到我的耳朵里来,"要是我有心,这样的太太我早就当上了,可是我还知道什么叫羞耻!咱们走着瞧吧,看我们谁先走!对!"

齐娜伊达·费多罗芙娜拉铃。她坐在房间的一个角落里,从她的神情看来,好像她坐在角落里是在挨罚似的。

"有电报来吗?"

"没有,太太。"

"去问一声看门人,说不定已经有电报来。不过您别离开这所房子,"她对我的背影说,"我一个人留在家里害怕。"

后来我几乎每个钟头都得跑下楼去找看门人,问他有没有电报送来。必须承认,这是一段多么可怕的时光!齐娜伊达·费多罗芙娜为了避免看见波丽雅,索性就在自己房间里吃饭,喝茶,而且就在一张短短的月牙形长沙发上睡觉,自己动手铺床叠被。头些日子,我常出外去送电报,可是总也收不到回电,她就不再信任我,亲自出门去打电报了。我瞧着她那样子,就也焦急地盼电报快来。我希望他会想出一个作假的办法,比方说,托人从外地某火车站上打个电报来。我想,要是他沉溺于打牌,或者已经迷上了另一个女人,那么当然,格鲁津也好,库库希金也好,都会提醒他,叫他想到我们。可是我们空等了一场。我一天总要到齐娜伊达·费多罗芙娜的房间去四五次,想对她说穿真相,可是她那模样像是一头山羊,肩膀耷拉着,嘴唇颤动,我就一言不发,退出门外。同情和怜悯夺去了我的勇气。波丽雅呢,却像没事儿似的,又高兴又得意,收拾老爷的书房和寝室,翻动柜子里的东西,弄得碗盏叮当响。当她走过齐娜伊达·费多罗芙娜的房门的时候,总要哼着曲子,或者咳嗽。她看出女主人躲着她,反而觉得痛快。晚上她常常出门,去向不明,直到两三点钟才拉门铃,我就得去给她开门,听她数落我的咳嗽。随后另一处又马上响起了铃声,我就往书房隔壁的房间跑去,齐娜伊达·费多罗芙娜把头探出门外,问道:"是谁拉门铃?"她瞧着我的两只手,看有电报没有。

最后,到星期六,楼下响起了门铃声,从楼梯上传来熟悉的脚步声,她高兴得不得了,竟大哭起来。她迎着他跑过去,搂住他,吻他的胸脯和袖子,说了些谁也听不明白的话。看门人拿进皮箱来,波丽雅的快活的说话声也响了起来。这情景好像有谁回来度假似的!

"为什么你没打电报来呀?"齐娜伊达·费多罗芙娜说,快活得喘吁吁的,"为什么?我苦极了,好不容易熬过了这段时间。……啊,我的上帝!"

"这很简单!头一天我就跟枢密官到莫斯科去了,所以没接到你的电报,"奥尔洛夫说,"等我吃过饭后,亲爱的,再详详细细给你说说。现在我得睡觉,睡觉,睡觉。……我在火车上累坏了。"

看得出来他一夜没睡,大概他在打牌,喝了很多酒。齐娜伊达·费多罗芙娜服侍他上床睡下,过后,一直到傍晚,我们都踮起脚尖走路。吃午饭的时候太平无事,可是等到他们吃完饭,走进书房,喝起咖啡来,谈话就开始了。齐娜伊达·费多罗芙娜很快地小声讲着什么,她讲的是法国话,那些话像小溪一样潺潺地流着,随后传来奥尔洛夫的很响的叹息声和说话声。

"我的上帝啊!"他用法国话说,"难道您除了说使女的坏话以外,就没有别的新鲜事可讲?"

"可是,亲爱的,她老是偷我的东西,说话顶撞我。"

"可是为什么她就不偷我的东西,不说顶撞我的

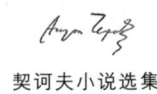

话呢?为什么我就从来也不去理会什么使女,什么扫院人,什么听差呢?我亲爱的,您也实在太任性,反复无常了。……我甚至怀疑您怀孕了。那回我对您提议说,辞掉她算了,可是您却要求把她留下,现在呢,您又打算叫我撵走她。既是这样,我倒也要做个固执己见的人。我要用任性来回报任性。您要她走,我就偏要她留下。这是治好您神经的唯一办法。"

"哦,算了,算了!"齐娜伊达·费多罗芙娜惊慌地说,"我们不谈这个。……明天再谈好了。现在你给我讲讲莫斯科吧。……莫斯科怎么样?"

十

第二天,一月七日,是施洗者约翰的节日。奥尔洛夫吃过早饭以后,穿上黑礼服,戴上勋章,准备到他父亲那儿去庆贺他的命名日。他得在两点钟左右出门,可是等他穿好衣服,才一点半钟。怎样利用余下的半个钟头呢？他在客厅里走来走去,朗诵一首他小时候对父母念过的贺诗。齐娜伊达·费多罗芙娜也在那儿坐着,打算到女裁缝家或者商店去一趟。她带着笑容听他念。我不知道他们的谈话是怎样开始的。不过我给奥尔洛夫送手套去的时候,他正站在齐娜伊达·费多罗芙娜面前,带着执拗、恳求的神情对她说:

"看在上帝分上,看在一切神圣的事物分上,您不要再讲那套人人都知道的话!我们这些聪明的、有思想的女人怎么会不幸而有这种才能,总是喜欢带着一本正经的样子,狂热地讲那套连中学生都早已听得厌烦的话。哎,只求您把所有这些严肃的问题统统从我们的夫妇生活里排除出去!那我就感激不尽了!"

"我们女人就不能有自己的见解。"

"我给您充分的自由,您管自保持您的自由思想,您爱引用哪个作家的话也听便,可是请您对我做出一个让步,在我面前有两件事不要提:上流社会的危害和婚姻制度的不合理。您总该明白过来才是。人们骂上流社会,总是拿它跟商人、教士、小市民、农民、各式各样的西多尔和尼基达在其中生活的那个社会相对比。这两个社会我都厌恶,不过,如果叫我凭良心在这两个社会当中选一个,我就会毫不犹豫地选择上流社会,这可不是作假或者装腔作势,因为我的全部生活趣味都跟他们一致。我们的社会又庸俗又空虚,不过我们至少会说一口流畅的法国话,会看书,就是争吵得厉害了也不会举起拳头捶彼此的肋骨,可是那些西多尔啦,尼基达啦,还有商店的老板啦,却满口粗俗的土话,什么'包管可您的心'啦,什么'现如今'啦,什么'叫你瞎了眼'啦,还有十分放肆的酒馆习气和偶像崇拜。"

"是农民和商人在养活您啊。"

"不错,可是那又怎么样?这不仅仅是对我不光彩,对他们也不光彩。他们养活我,见着我却脱帽鞠躬,可见他们缺乏智慧和尊严,只好这样做。我不想骂谁,也不想捧谁,我只想说上流社会和下层社会同样糟糕。这两种社会我在思想上、感情上都厌恶,可是我的生活趣味却跟上流社会相同。好,现在再来讲一讲婚姻的不合理,"奥尔洛夫看一眼怀表,接着说,"其实您应该明白,这并没有什么不合理,只是人们对婚姻提出了一些不明确的要求罢了。您希望从婚姻里得到什么呢?不论是合法的或者不合法的共同生活,不论是什么样的结合和同居,好的也罢,坏的也罢,实质都一样。你们这些女人只为这个实质活着,这个实质在你们就是一切。对你们来说,缺了它,你们的生活就没有意义了。你们除了这个实质以外什么也不需要,你们真也得到了它。不过,自从你们读过许多小说以后,你们不好意思要它了,于是你们便从这边跑到那边,随随便便地调换男人,而且为了证明这种胡闹是正当的,你们就谈起什么婚姻的不合理来了。既然你们不能够而且也不愿意丢开那个实质,丢开你们最主要的敌人,丢开你们的魔鬼,既然你们仍旧服服帖帖地侍奉它,那怎么可能谈出严肃的话来?不管您对我说什么,您所有的话都无非是废话,是装腔作势。我不相信您。"

我到看门人那儿去看雪橇雇来没有。等到我回来,他们已经吵起来了。正如水手常说的那样,风越刮越猛了。

"我明白,您今天想拿冷嘲热讽来吓唬我,"齐娜伊达·费多罗芙娜说,十分激动地在客厅里走来走去,"我听您讲话,觉得恶心。不论是在上帝面前,还是在人们面前,我都是纯洁的,我也没有什么可懊悔的。至于我离开我的丈夫到您这儿来,那我为这件事自豪。我凭我的人格向您起誓,我自豪!"

"哦,那太好了。"

"如果您是个诚实的正派人,那您也应当为我的行动感到骄傲才是。这件事把我和您提高,超出了成千上万的人的水平。那些人纵然也想照我这样做,却由于胆小怕事或者种种浅薄的顾虑而下不了决心。然而您不正派。您怕自由,嘲笑纯正的热情,因为您怕无知之徒怀疑您不是正人君子。您不敢把我介绍给您的朋友,您觉得再也没有比陪我一块儿上街更苦的事了。……怎么样？难道这不是实情？为什么您至今没把我介绍给您的父亲和您的表亲？为什么？不，我真受够了！"齐娜伊达·费多罗芙娜叫道，顿一下脚，"我要求我应得的权利。请您带我去见您的父亲！"

"如果您要见他，那您尽管自己去。他每天早晨十点钟到十点半钟接待客人。"

"您多么卑鄙！"齐娜伊达·费多罗芙娜说，绝望地绞着手，"即使您说这话不是出于真心，您心里并不这样想，我也要为了您的这种残忍而痛恨您。啊，您多么卑鄙！"

"我们总是兜圈子，怎么也谈不到问题的症结上去。全部症结就在于您做错了事却又不愿意承认错误。您以为我是英雄，以为我有某些不平凡的思想和理想，而事实上我是个最普通的文官，是个牌迷，压根儿就没热衷于什么思想。那个腐朽的上流社会由于空虚和庸俗而惹得您愤慨，您从中逃出来了，我呢，却正好是那个社会名副其实的后代。请您务必承认这一点,而且要平心静气地想一想:您不该生我的气,而应该生您自己的气,因为犯错误的是您,而不是我。"

"对,我承认:我是犯了错误!"

"那就太好了。我们总算谈到了正题,谢天谢地。现在,要是您高兴的话,请您再听下去。要把我提高到您的水平,我做不到,因为我太坏。要您降低到我的水平,您也做不到,因为您太高尚。那么剩下来就只有一个办法。……"

"什么办法?"齐娜伊达·费多罗芙娜很快地问道,屏住呼吸,脸色突然白得像一张纸。

"只有让逻辑来帮忙了。……"

"盖奥尔季,您为什么折磨我?"齐娜伊达·费多罗芙娜忽然改用俄国话说,声音发颤,"这是何苦?您应该了解我的痛苦呀。……"

奥尔洛夫害怕眼泪,连忙走回书房,而且不知为什么,是打算给她再添点痛苦呢,还是想起人们在同类情形下惯常的做法,总之,他随手锁上了门。她大叫一声,往他那边跑过去,她的连衣裙沙沙地响。

"这是什么意思?"她敲着门问道,"这……这是什么意思啊?"她又说一遍,她的声音由于气愤而变得尖细,断断续续,"啊,原来您是这样的人? 那么您要知道:我恨您,看不起您! 我们之间什么都完了! 全完了!"

这时候响起了歇斯底里的哭声,还夹杂着哈哈大笑声。客厅里有个小东西从桌子上掉下地,打碎了。奥尔洛夫从书房里穿过另一道门溜进前厅,胆怯地回头看一下,赶快穿上大衣,戴上礼帽,走出去了。

过了半个钟头,一个钟头,她还在哭。我想起她没有父母,没有亲人,她在这儿生活在一个恨她的男人和偷她东西的波丽雅中间,——在我看来,她的生活多么凄凉啊! 我自己也不知道为什么,走到客厅去看她。她衰弱无力,再加上一头美发,在我心目中宛如温柔优雅的典范。她痛苦极了,像是害了病。她躺在一张长沙发上,藏起脸,周身颤抖。

"太太,要不要去请大夫来?"我轻声问道。

"不,不必……没什么,"她说,瞧着我,眼睛上泪痕斑斑,"我有点头痛。……谢谢。"

我走出去。傍晚她写信,一封接一封,时而派我去彼卡尔斯基家,时而派我去库库希金家,时而派我去格鲁津家,最后索性随我爱到哪儿去就到哪儿去,只求能够赶快找到奥尔洛夫,把信交给他就行。每逢我拿着原信回来,她总是骂我,求我,往我手里塞钱,仿佛害了热病似的。晚上她睡不着,坐在客厅里自言自语。

第二天将近吃午饭的时候,奥尔洛夫才回来,他们和解了。

这以后,又到了星期四,奥尔洛夫对他的朋友们抱怨他那不堪忍受的沉重生活。他吸很多烟,愤愤不平地说:

"这不是生活,是活受罪。眼泪啦,哭号啦,文绉绉的谈话啦,要求原谅啦,随后又是眼泪,又是哭号,总之,现在我没有自己的家了。我苦恼不堪,也弄得她苦恼不堪。难道还要照这样再生活一两个月吗?难道真要这样?可不是,这大有可能呢!"

"那你就找她谈一谈。"彼卡尔斯基说。

"我试过,可是谈不下去。对一个独立自主和通情达理的人,那是随便什么实话都可以大胆地直说的,可是,眼前跟我打交道的却是一个缺乏意志、没有个性、不明事理的人。我受不了眼泪,眼泪一来,我就没办法招架。她一哭,我就甘愿赌咒,说我永远爱她,我自己也会哭起来。"

彼卡尔斯基不明白,沉思地搔着他那宽阔的前额,说:

"真的,你该给她另租一所房子才是。这很简单嘛!"

"她需要的是我,而不是房子。不过说这些话有什么用呢?"奥尔洛夫叹了口气,说,"我只听到无穷无尽的谈话,却看不见我这种处境有什么出路。

这才叫无辜受罪！我不是菌子，却硬叫我钻进筐子里去①。我生平对英雄这种角色避之唯恐不及，素来受不了屠格涅夫的小说，不料忽然间，仿佛开我的玩笑似的，我给看成真正的英雄了。我凭人格对她担保说，我根本不是什么英雄，举出种种不容反驳的证据来证明这一点，可是她不相信我的话。为什么不相信呢？大概我这副相貌确实有点英雄的味道吧。"

"那您就去外省视察工作吧。"库库希金笑着说。

"目前也只有这个办法了。"

这次谈话以后过了一个星期，奥尔洛夫宣布说，他又奉命陪一个枢密官出差，当天傍晚带着皮箱到彼卡尔斯基家去了。

---

① 俄国有一句谚语："你既叫作菌子，就该钻进筐子里去。"意思是："你既然着手干一件事，就得承担责任。"

十一

一个六十岁上下的老人,穿一件长到拖地的皮大衣,戴一顶海龙皮帽,站在门口。

"盖奥尔季·伊凡内奇在家吗?"他问。

起初我以为他是放高利贷的,是格鲁津的债主,这种人有时候到奥尔洛夫家里来讨一点零星的债款。可是等到他走进前厅,解开皮大衣,我才见到我在照片上已经看熟的那两道浓眉和那两片很有特色的闭紧的嘴唇,以及他制服上挂着的两排星章。我认出他来了,他就是那个著名的政府要人,奥尔洛夫的父亲。

我回答他说,盖奥尔季·伊凡内奇不在家。老人使劲闭紧嘴唇,沉思地瞧着一旁,让我看到他那干瘦而没牙的侧面像。

"我留个字条吧,"他说,"你领我进去。"

他把套鞋留在前厅,却没脱掉沉重的长皮大衣,往书房走去。到了书房,他在书桌前面一把圈椅上坐下,拿起钢笔以前先沉思三分钟光景,而且用手遮住眼睛,像挡开阳光似的,简直跟他儿子心绪不好时的神态一模一样。他脸容忧郁,沉静,现出只有在老人和笃信宗教的人的脸上才会见到的那种温顺的神情。我站在他身后,瞧着他的秃顶和后脑勺上的一个小窝。对我来说,有一件事像白昼那么明白,那就是这个衰弱多病的老人如今落在我的手中了。是啊,整个住所里除了我和我的敌人以外,一个人也没有。只要我稍稍用一点力就能大功告成,然后我可以拿走他的怀表来掩盖我的目的,从后门溜掉,那我的收获就比我来当听差的时候所能指望的大得没法比了。我暗想,我未必会找到比这再幸运的机会了。然而我非但没有采取行动,反而十分冷淡地看一眼他的秃顶,又看一眼他的皮大衣,心平气和地思考这个人跟他的独生子的关系,想到这种享尽荣华富贵的人多半不愿意死吧。……

"你在我儿子这儿干活有多久了?"他在纸上写着

很大的字,问道。

"两个多月了,大人。"

他写完字,站起来。我还有下手的时间。我催促自己,捏紧拳头,极力从我的灵魂里挤出哪怕一点点旧日的仇恨。我想起,不久以前我还是一个多么激烈、顽强、不屈不挠的敌人啊。……可是要在一块易碎的石头上擦燃火柴,却是困难的。那张苍老而忧郁的脸和那些星章的冷光在我心里只引起一些庸俗的、没有价值的、不必要的思想,例如尘世万物的短暂,死亡的迫近。……

"再见,老弟!"老人说着,戴上帽子,走出去了。

事情已经很清楚:我的内心发生了变化,我变成另一个人了。为了考察自己,我就开始回想往事,可是我立刻毛骨悚然,仿佛无意间看到一个阴暗潮湿的角落。我想起我的同志和熟人,我首先想到的是,如果现在我遇见他们当中任何一个人,我的脸会涨得多么红,我会多么慌张。现在我成了什么人?我该怎样想,该怎么办？我到哪儿去才好？我为了什么目的再活下去呢？

我什么也弄不明白，只清楚地意识到一件事，就是应该赶快收拾行李，离开此地。在老人来访以前，我的听差生活还有意义，现在却变得荒唐可笑了。眼泪滴在我打开的皮箱里，我难过得不得了，可是我多么想生活啊！我乐于在我短促的一生中拥抱和容纳人们所能经历的一切。我想谈话，想看书，想到大工厂里去抡大锤，想在兵舰上站岗，想耕田。我想望涅瓦大街，想望原野，想望海洋，总之，凡是我的幻想驰骋到的地方，我都想去。临到齐娜伊达·费多罗芙娜回来，我就跑过去给她开门，带着特别的温情给她脱掉皮大衣。这是最后一回了！

这一天，除了老人以外，还有两个人到我们这儿来过。傍晚，天色已经完全黑下来，格鲁津却出人意料地来了，是来替奥尔洛夫取文件的。他拉开书桌抽屉，拿到他需要的文件，把它们卷起来，叫我放到前厅里他的帽子旁边，他自己到齐娜伊达·费多罗芙娜那儿去了。

她在客厅里一张沙发上躺着,手枕在脑后。自从奥尔洛夫出外视察以后,已经过去五六天,谁也不知道他什么时候回来,可是她不再派人出去打电报,也不再等电报了。虽然波丽雅仍旧住在我们这里,她也似乎不理会这个使女了。"随她去吧!"我在她那张缺乏热情而且十分苍白的脸上看出这样的意思。她像奥尔洛夫一样,使出犟脾气,一心想做个不幸的人。她故意跟自己,跟人间万物闹别扭,一连几天躺在沙发上,动也不动,心里只巴望着、等候着她的灾难。大概她暗想奥尔洛夫回来以后,免不了要跟她吵起来,然后他就会对她冷淡,变心,然后他们就分手。这些痛苦的想法也许反而使她感到痛快。可是,万一她忽然知道了真相,她会怎么说呢?

"我喜欢您,干亲家,"格鲁津说,向她问好,吻她的手,"您这么好!可是若尔日走掉了,"他撒谎说,"他走掉了,这个坏包!"

他叹口气,坐下来,温柔地摩挲她的手。

"亲爱的,请您允许我在您这儿坐个把钟头,"他说,"我不想回家,至于到比尔肖夫家去,又嫌太早。今天比尔肖夫家给他们的卡嘉做生日。一个挺好的小姑娘!"

我给他端来一杯茶和一瓶白兰地。他慢腾腾,而且显然很勉强地喝着茶。他把杯子还给我,胆怯地问道:

"朋友,你们这儿有什么……吃的没有?我还没吃午饭呢。"

我们这儿什么吃的也没有。我就到饭馆去,给他买来一卢布一客的便餐。

"祝您健康,亲爱的!"他对齐娜伊达·费多罗芙娜说,喝下一杯酒,"我的小女儿,也就是您那教女,问您好。可怜的孩子,她得了瘰疬病!唉,孩子呀,孩子!"他叹道,"不管您怎么说,干亲家,做父亲总是愉快的。若尔日不了解这种感情。"

他又喝了一杯。他长得消瘦,脸色苍白,胸前挂一块食巾,像是挂着一个围嘴儿。他狼吞虎咽地吃着,扬起眉毛,时而惭愧地望望齐娜伊达·费多罗芙娜,时而望望我,像是小孩子。看样子,如果我不给他端松鸡或者肉冻来,他就会哭一场似的。他吃饱以后,兴致好起来,笑着讲起比尔肖夫家一件什么事,可是他发觉这件事乏味,齐娜伊达·费多罗芙娜没有笑,就停住了。不知怎的,屋里忽然变得冷清了。吃过饭后,他们俩坐在只点着一盏灯的客厅里,没开口说话。他不愿意说谎,她想问他一件什么事,却下不了决心。照这样过了半个钟头。格鲁津看一眼钟。

"我看,我该走了。"

"不,您再坐一会儿。……我们得谈一谈。"

他们又沉默了。他在钢琴旁边坐下,按一下琴键,然后弹起来,轻声唱道:"未来的日子给我准备了什么?"不过他照例立刻站起来,摇一下头。

"干亲家,您弹点什么吧。"齐娜伊达·费多罗芙娜要求说。

"弹什么好呢?"他说,耸一下肩膀,"我全忘光了。我早就不弹琴了。"

他瞧着天花板,仿佛在回想似的,然后脸上带着美妙的神情,弹了柴可夫斯基的两个曲子,弹得那么热情,那么传神!他的脸容像往常那样,既不聪明也不愚蠢。这样一个人,我习常看见他处在最卑下、最肮脏的环境里,却能够迸发这样一种纯洁、高尚、我所达不到的感情,这在我看来简直是奇迹。齐娜伊达·费多罗芙娜脸红起来,开始兴奋地在客厅里走来走去。

"您等一等,干亲家,要是我想得起来,我还能再给您弹个曲子,"他说,"我听见人家用大提琴演奏过这个曲子。"

他起初胆怯地试着弹,后来却有了信心,就把圣-桑的《天鹅曲》弹下去。他弹完以后又弹一遍。

"挺好听吧?"他说。

激动的齐娜伊达·费多罗芙娜在他的身旁站住,问道:

"干亲家,请您像朋友那样诚恳地告诉我:您对我有什么看法?"

"怎么说好呢?"他说,扬起眉毛,"我喜欢您,只觉得您好。不过,假如您要我一般地谈谈您发生兴趣的问题,"他接着说,擦了擦胳膊肘那儿的衣袖,皱起眉头,"那么亲爱的,您要知道……自由自在,完全按自己的心意办事,不见得会永远使好人幸福。为了要使自己感到自由,同时又感到幸福,我觉得,千万不能对自己隐瞒这样一个事实:生活为了坚持它的保守性,是残忍、粗暴、无情的,那就应当以其人之道还治其人之身,也就是说,人追求自由,也应当跟生活同样地粗暴无情。我是这样想的。"

"我哪儿行!"齐娜伊达·费多罗芙娜苦笑着,说,"我已经筋疲力尽,干亲家。我是那么疲乏,连为拯救自己而动一动手指头的力气都没有了。"

"那就去进修道院吧,干亲家。"

这话他原是当作玩笑来说的,然而等他说完,齐娜伊达·费多罗芙娜的眼睛里闪现出泪光,随后他自己也眼泪汪汪了。

"好,"他说,"坐了老半天,也该走了。再见,亲爱的干亲家。求上帝赐给您健康。"

他吻她的两只手,温柔地抚摸那两只手,说是过几天一定再来。他在前厅穿上他那件好像儿童外套的大衣,在口袋里摸了很久,想赏给我几个茶钱,却一个钱也没找到。

"再见,好朋友!"他忧郁地说着,走出去了。

我永远也忘不了这个人留下的印象。齐娜伊达·费多罗芙娜仍旧心情激动,在客厅里走来走去。她不躺下来,一个劲儿地走来走去,这倒是个好机会。我想利用眼前这种情绪,跟她开诚布公地谈一下,然后立刻走掉;可是我刚把格鲁津送走,又响起了门铃声。这是库库希金来了。

"盖奥尔季·伊凡内奇在家吗?"他问,"回来没有?你说他没回来?真遗憾!既是这样,我进去吻一下女主人的手再走吧。齐娜伊达·费多罗芙娜,我可以进来吗?"他叫了一声,"我想吻一下您的手。对不起,我来得这样晚。"

他在客厅里没坐多久,只不过十分钟光景,可是我觉得他好像坐了很久,再也不走似的。我又生气又烦恼,不住地咬嘴唇,简直憎恨齐娜伊达·费多罗芙娜了。"为什么她不把他赶走?"我愤慨地想,其实她跟他周旋显然也觉得乏味。

我递给他皮大衣的时候,他为了对我表示特殊的好意,就问我,没有妻子怎么过得下去。

"不过,我想,你也不会放过机会的,"他笑着说,"你跟波丽雅必是偷偷摸摸吧。……调皮鬼!"

尽管我有生活经验,那时候我却不大了解人,很可能我常常夸大小事而完全没有注意大事。我觉得库库希金所以会对我嘻嘻地笑,向我讨好,不是无缘无故的:恐怕他指望我这个听差会跑遍人家的下房和厨房,宣扬他晚上趁奥尔洛夫不在家,常到我们这里来,跟齐娜伊达·费多罗芙娜一块儿坐到夜深吧？等到我的流言传到他那些熟人的耳朵里,他就会发窘地低下眼睛,威胁地摇他的小手指头了。我看着他那张甜蜜蜜的小脸,心里暗想:恐怕今天晚上打牌的时候,他就会装出他已经从奥尔洛夫手里把齐娜伊达·费多罗芙娜夺过去的样子,或者索性说出口吧？

今天中午老人来的时候没在我心里引起仇恨,可是此刻我却义愤填膺了。库库希金终于走了,我听着他那双皮套鞋发出的响声,一心想对着他的后影粗野地骂几句,可是我忍住了。等到楼梯上的脚步声消失,我回到前厅里,自己也不知道自己在干什么,拿起那卷格鲁津忘在这儿的文件,一口气跑下楼去。我没穿大衣,也没戴帽子,跑到大街上。天气不冷,可是大雪纷飞,风呼呼地刮着。

"先生!"我追上库库希金,叫道,"先生!"

他在路灯的柱子旁边站住,回头看我,不明白是怎么回事。

"先生!"我说,上气不接下气,"先生!"

我想不出该说什么话才好,就举起那个纸卷,朝他脸上打了两三下。他不明白这是怎么回事,甚至没有感到惊讶,我简直把他打昏了。他背靠着灯柱,抬起手来遮住脸。这时候有个军医走过,看见我在打人,但他光是大惑不解地朝我们望了望,然后继续走他的路。

我觉得难为情,就跑回房子去了。

十二

我头上沾着湿雪,喘吁吁地跑回下房,立刻脱下燕尾服,穿上便服和大衣,拿起我的皮箱走进前厅。逃走吧! 可是临走以前,我赶紧坐下来,开始给奥尔洛夫写信:

"我把我的假身份证留给您,"我开头写道,"我请求您留下它做个纪念,您这虚伪的人,彼得堡的文官老爷!

"我用别人的姓名混进这所房子,扮成听差模样,观察人家的私生活,样样都看在眼里,听在耳朵里,以便日后出其不意地揭露人家的虚伪;您会说,这种行为跟做贼一个样。不错。然而我现在顾不上高尚的品德了。我伺候您吃过几十顿午饭和晚饭,在那种时候,您想说什么就说什么,想做什么就做什么,我呢,只得听着,看着,一声不响;可是现在我不打算把沉默作为纪念品赠送给您了。再者,要是您旁边没有一个人敢于不奉承您,对您说实话,那就让听差斯捷潘来给您洗一下您那张漂亮的脸吧。"

我不喜欢这样开头,可是我不想再改了。况且,改不改岂不都是一样?

那些挂着黑窗帘的大窗子、那张床、那件揉成一团丢在地板上的燕尾服、我那些湿脚印,都显得严峻而哀伤。四下里特别寂静。

大概因为我没戴帽子,没穿套鞋就跑到大街上去的缘故,我发起高烧来了。我脸上发热,两条腿酸痛。……沉甸甸的脑袋向桌面上弯下去,脑子里的种种思想都分裂为二,似乎每个思想后面都跟着一个影子。

"我有病,衰弱,精神抑郁,"我接着写道,"我不能按我本来的心意给您写好这封信。先前我有心羞辱您,出您的丑,可是现在我觉得我没有权利这样做。您和我都已经倒下,再也站不起来了,即使我的信写得振振有辞,有力量,可怕,可是它仍旧像是在敲棺材盖:再怎么敲也惊不醒死者了!任凭外人怎样努力,都不能使您那该诅咒的冷血沸腾起来,这一点您知道得比我清楚。那我何苦再写呢?可是我的头和心在燃烧,我不由得继续写下去,不知什么缘故心情很激动,仿佛这封信还能够拯救您和我似的。由于发烧,我头脑里的思想不那么连贯,我的钢笔好像糊里糊涂地在纸上发出咝咝的声响,然而我想向您提出的问题却清楚地出现在我的眼前,像火光那么亮。

"为什么我会未老先衰,会倒下,这是不难解释的。我好比《圣经》里那个大力士,扛起迦萨的城门,要送到山顶上去①;可是一直到我筋疲力尽,一直到我的青春和健康在我身上永远消失,我才发觉我的两个肩膀扛不动城门,我欺骗了自己。再者,我经历过连绵不断而且残酷的痛苦。我挨冻受饿,得病,失去自由。至于个人幸福,无论过去和现在,我都未领略过。我没有安身的地方。我回忆往事总是十分沉痛,我的良心常常害怕这种回忆。可是您,您为什么倒下呢?究竟有什么可怕的、致命的原因妨碍您的生活像春天的花朵那样绚烂地盛开呢?为什么您刚开始生活,就赶紧从自己身上丢掉神按着自己的样式所造的形象②,变成卑怯的畜生,由于自己害怕而狂吠,并且用这种狂吠去吓唬别人呢?您怕生活,怕得像那些成天价坐在羽毛褥子上吸水烟袋的亚洲人一样。不错,您看过很多书,穿着合身的欧洲服装,不过您却多么细致地,像纯

---

① 参阅《旧约·士师记》。大力士名叫参孙。
② 指人性,典出《旧约·创世记》。

粹的亚洲人、像可汗那样精心保护自己,使自己免于挨饿、受冻、劳累,免于痛苦和不安!您的灵魂那么早就披上了长袍!在一切健康正常的人都与之奋斗的现实生活和大自然面前,您扮演了多么卑怯的角色啊!您生活得多么轻巧,舒适,温暖,方便,却又多么苦闷啊!是啊,苦闷得要命,眼前一片漆黑,如同待在单人牢房一样;可是您又极力躲避这个敌人,于是您就每天打八小时的牌。

"而您的讥诮态度呢?啊,我对这种讥诮态度了解得多么透彻!那是活泼的、自由的、勇敢的思想在寻求出路,显示威力;对懒惰闲散的头脑来说,这种思想是无法容忍的。您不要它来搅扰您的平静心境,于是您就像您那些成千上万的同辈一样,从年轻的时候起就把它禁锢起来了。您用对生活的讥诮态度(或者随便您给它起个什么名字都行)把自己武装起来,那种受到遏制和惊吓的思想就不敢越出您给它布置下的篱墙了。每逢您嘲弄那些您自以为完全熟悉的思想,您就像一个可耻地从战场上跑掉的逃兵,为了扑灭羞耻心而嘲笑战争,嘲笑勇敢。厚颜无耻压倒了痛苦。在陀思妥耶夫斯基的一部小说①里,有一个老人因为待他心爱的女儿不公平就用脚踩她的照片;您呢,卑鄙而且庸俗地讪笑善良的思想和真理,那是因为您已经没有力量支持它们了。不管谁诚恳而正确地指出您堕落,您都觉得害怕,您故意在您的四周布满只会迎合您弱点的人。怪不得,怪不得您这样害怕眼泪!

"顺便要提一下您对女人的态度。无耻是我们从祖先那儿连同血肉一齐继承下来的,我们受过无耻的教育,不过,要知道,我们之所以是人,就在于我们要克服身上的兽性。自从您长大成人,开始知道一切思想的时候起,您不可能不明白这个真理。您知道真理,可是您不照着做,您怕它,为了蒙蔽自己的良知而大声对自己保证:这不该怪您不对,却该怪女人本身不对,女

---

① 指《被欺凌与被侮辱的》。

人本来就下流,因而您才用下流的态度对待她们。您那些毫无热情的淫秽故事,您那种马嘶般的笑声,您那些数不尽的理论,例如男女关系的实质啦,对婚姻的不明确的要求啦,法国工人为女人花十个苏啦,还有,您不断地指摘女人的逻辑、虚伪、软弱等等——这一切岂不像是硬要把女人按到污泥里去,好使女人的水平显得和您对她们的态度相称?您实在是个软弱、不幸而且讨嫌的人。"

在客厅里,齐娜伊达·费多罗芙娜动手弹钢琴。她极力回想格鲁津弹过的圣-桑的曲子。我走到床跟前,躺下去,可是想起我该走了,就勉强爬起来,抬起沉甸甸的、发烧的脑袋,又向桌子那边走去。

"可是这里有一个问题,"我继续写道,"为什么我们感到这么厌倦?为什么我们原先那么热烈,大胆,高尚,有信仰,到了三十岁或者三十五岁却完全泄气了?为什么这一个害肺痨病死掉,那一个往脑门开一枪,第三个在酒和纸牌里把一切遗忘,第四个为了扑灭恐惧和痛苦就无耻地践踏自己纯洁美好的青春时代的形象？为什么我们一倒下去，就再也不努力爬起来，失去一件东西就不再追求另一件东西？为什么？

"一个被绑上十字架的强盗，哪怕活命的时间或许只有一个钟头，也能够重新唤起生活的乐趣和大胆的、可以实现的希望①。您前面还有漫长的岁月，我大概也不会像表面看来那样很快死掉。万一出现了什么奇迹，使得现在的一切变成一场梦，一场可怕的噩梦，等到我们醒来，变得面目一新，纯洁，强壮，由于正确而自豪，那该多好？……美妙的幻想燃烧我的心，我激动得透不出气来。我满心渴望生活，渴望我们的生活神圣，崇高，庄严，像天空一样。让我们好好生活吧！太阳一天不会升起两回，生命也不会有第二次。您紧紧抓住您下半世的生活，把它挽救过来吧。……"

---

① 据基督教传说，有两个强盗与耶稣同时被钉死在十字架上，其中有一个讥笑耶稣，另一个则相信耶稣是上帝的儿子，求耶稣纪念他。见《新约·路加福音》。

别的话我没有再写。我脑子里的思想很多,然而不能把它们联系起来,形之于笔墨。我没有写完信就签上我的姓名,说明我的身份,然后走进书房。那儿漆黑一片。我摸到书桌,放下那封信。大概我在黑地里撞在一件家具上,发出了响声。

"是谁?"一个不安的声音从客厅里传过来。

这当儿桌上的座钟轻轻敲了一下,这是夜里一点钟。

十三

我在黑暗中至少摸了半分钟,才摸到房门,然后慢慢地把它推开,走进客厅,齐娜伊达·费多罗芙娜躺在一张沙发床上,用胳膊肘撑起身子,迎面瞧着我。我下不了决心把实情说出口,就慢腾腾地走过她面前,她两只眼睛紧盯着我。我在大厅里站了一会儿,又走过她面前。她注意地瞧着我,心里纳闷,甚至害怕。我终于

站住,费力地说出口:

"他不会回来了!"

她很快地站起来,瞧着我,不明白我的意思。

"他不会回来了!"我又说一遍,心跳得厉害,"他不会回来,是因为他并没有离开彼得堡。他住在彼卡尔斯基家里。"

她明白了,也相信了我的话,这是我从她脸色突然惨白,蓦地带着恐惧和恳求的神情把两条胳膊交叉在胸前的样子看出来的。刹那间,她近来的遭际闪过她的脑海,她寻思一阵,就大彻大悟地看清了事情的全部真相。不过这时候,她想起我是个听差,是个下等人。……一个流浪汉,头发蓬乱,由于发烧或者也许由于酗酒而脸孔发红,穿一件粗俗的大衣,竟然来粗鲁地干预她的私生活,这使她感到屈辱。她对我厉声说道:

"我没有问您这些事。请走开。"

"哎,请您相信我的话吧!"我热烈地说着,向她伸出手去,"我不是听差,我跟您一样的自由!"

我道出我的姓名,说明我是什么人,为什么到这儿来当差,我讲得很快,免得她打断我的话或者走回她的房间去。这个新发现比头一个还要使她震动。她本来还抱着一线希望,以为听差在说谎,或者弄错了,或者说的是蠢话,现在经我一说穿我的身世,她就再也不存半点怀疑了。从她那对眼睛的悲哀神情,从她那忽然苍老、失去柔和色彩因而变得难看的脸色,我看出她难过得不得了,我说下去不会有什么好处,可是我仍旧热衷地讲下去:

"什么枢密官啦,视察工作啦,都是胡诌出来骗您的。一月里那次也跟现在一样,他哪儿都没去,而是住在彼卡尔斯基家里,我每天都跟他见面,参加了骗局。他讨厌您,痛恨您住在这儿,嘲笑您。……要是您能听见他和他的朋友们在这儿怎样嘲笑您和您的爱情,那您在这儿就会一分钟也待不下去!您逃出这儿!逃出去吧!"

"哦,那有什么关系?"她用颤抖的声音说,举起一只手来抚摸了一下她的头发,"哦,那有什么关系?让他们去说好了。"

她眼睛里含满泪水,嘴唇发抖,脸色煞白,现出怒容。她觉得奥尔洛夫浅薄的欺骗行径又可鄙又可笑。她微笑着,而我却不喜欢这种笑容。

"哦,那有什么关系?"她重复说一遍,又举起手来抚摸了一下头发,"随他去好了。他以为我会委屈得活活气死,可是我倒……觉得可笑。他不应该躲起来。"她从钢琴那儿走开,耸耸肩膀说,"真不应该。……与其躲开,跑到别人家里去住,还不如说穿了简单些。我是长着眼睛的,我自己早就看出来了……我不过在等他回来索性把事情说穿罢了。"

随后,她在桌子旁边一张圈椅上坐下,头抵着长沙发的扶手,哀哀地哭起来。客厅里大烛台上只点着一支蜡烛,她坐着的那把圈椅四周黑沉沉的,可是我看见她的头和肩膀在颤抖,她那本来梳好的头发散开来,披在脖子、脸和胳膊上。……她的哭声轻而平匀,不是歇斯底里般地叫喊,从这种普通的女人的哭声中可以听出,她受到了侮辱,她的自尊心遭到打击,她气愤,她明知无可挽回却又不甘心,因而苦闷绝望。她的哭声在我激动而痛苦的灵魂里引起了反响。我已经忘掉我的病,忘掉人间万物,在客厅里走来走去,心神不定地喃喃道:

"这算是什么样的生活呀?……啊,谁也不能照这样生活下去!不能!这是疯狂,是犯罪,这不是生活呀!"

"多么侮辱人!"她哭着说,"明明他嫌弃我,觉得我可笑……却又跟我在一起生活,对我微笑。……啊,多么侮辱人!"

她略微抬起头来,她那对泪眼隔着被泪水沾湿的头发瞧着我;然后她撩开那些妨碍她看我的头发,问道:

"他们都笑我?"

"在那些人看来,不管您也好,您的爱情也好,您读过很多的屠格涅夫作品也好,都是可笑的。假如我们两人此刻都绝望得死掉,他们也会觉得可笑。他们会编一个可笑的故事,在为您举行安魂祭的时候讲出来。不过何必去讲他们呢?"我不耐烦地说,"必须逃离这儿才是。我连一分钟也待不下去了。"

她又哭起来,我就走到钢琴前面坐下来。

"我们在等什么呢?"我无精打采地问道,"已经两点多钟了。"

"我什么也不等,"她说,"我完了。"

"为什么这样说呢?还是让我们一块儿想一想该怎么办的好。不论是您和我,都不能再在这儿待下去了。……您离开这儿打算到哪儿去?"

前厅里忽然响起门铃声。我的心发紧了。莫非奥尔洛夫回来了?库库希金到他那儿去告了我的状吧?我跟他见面该说些什么好?我走去开门。原来是波丽雅回来了。她走进来,在前厅里抖掉她斗篷上的雪,一句话也没对我说就回到她的屋里去了。等我回到客厅,齐娜伊达·费多罗芙娜正站在房间中央,脸色白得跟死人一样,睁大眼睛直视着我。

"是谁来了?"她小声问道。

"波丽雅。"我回答说。

她举起手来抚摸了一下头发,疲乏地闭上眼睛。

"我马上就走,"她说,"劳驾,把我送到彼得堡城郊去。现在几点钟了?"

"两点三刻。"

十四

过了一会儿,我们走出了这所房子。街上漆黑,没有行人。天下着湿雪,潮湿的风抽打着我们的脸。我记得那是三月初,正交解冻的时令,街上已经有好几天不见雪橇而换成马车了。后门的楼梯啦,寒冷啦,夜间的昏暗啦,那个放我们走出大门以前盘问过我们的穿皮袄的门房啦,这些东西留下的印象弄得齐娜伊达·费多罗芙娜垂头丧气,一点精神也没有了。我们坐上一辆马车,支起车篷以后,她周身发抖,急忙对我说,她多么感激我。

"我不怀疑您的好意,不过想到您为我费心,我还是过意不去……"她喃喃地说,"哦,我明白了,明白了。……今天格鲁津来,我已经觉得他在说谎,有件事瞒着我。嗯,那有什么关系?随他去吧。不过让您这样操心,我还是过意不去。"

她还感到疑惑。为了彻底消除她的怀疑,我就吩咐车夫赶车到谢尔吉耶夫街去。马车在彼卡尔斯基的门前停住,我下了马车,去拉门铃。等到看门人走出来,我为了让齐娜伊达·费多罗芙娜听见,就大声问盖奥尔季·伊凡内奇在不在家。

"在家,"他回答说,"他回来半个钟头了。大概他睡了。你有什么事?"

齐娜伊达·费多罗芙娜忍不住从马车里探出头来。

"盖奥尔季·伊凡诺维奇在这儿住很久了吗？"她问。

"两个多星期了。"

"他一直没有到外地去过？"

"没有。"看门人回答说，惊讶地看着我。

"明天一早告诉他，"我说，"就说他妹妹从华沙来找他了。再见。"

然后我们又坐上马车往前走。马车上没有车帘，大片的雪飘落在我们身上。风，特别是从涅瓦河上吹来的风，寒冷刺骨。我渐渐觉得，我们好像已经坐了很久的马车，痛苦了很久，齐娜伊达·费多罗芙娜颤抖的呼吸声我也听了很久似的。我仿佛睡着了，在半昏迷的状态中偶尔回顾一下我的古怪而杂乱的一生，不知什么缘故，想起了我小时候看过两次的情节剧《巴黎的乞丐》。当我为了摆脱这种半昏迷的状态，从车篷里探出头去，看见曙光的时候，所有那些过去的形象，所有那些模糊的思想，不知怎么一来，突然在我脑子里融合成一个鲜明坚定的思想:我和齐娜伊达·费多罗芙娜已经无可挽回地完蛋了。这是一个信念,好像寒冷的蓝天包藏着这个预言似的;可是过了一会儿,我却又想到别的事情,相信别的了。

"我现在成了什么啦?"齐娜伊达·费多罗芙娜说,她的喉咙由于天气寒冷和潮湿而变得嘎哑,"我该到哪儿去,我该怎么办呢?格鲁津说:到修道院去。啊,我倒愿意去!我愿意换掉我的衣服、我的模样、我的名字、我的思想……我愿意换掉一切,一切,永远隐遁起来。可是人家不会允许我进修道院的。我怀孕了。"

"明天我跟您一块儿出国去。"我说。

"这办不到。我丈夫不会给我护照。"

"没有护照我也可以送您去。"

马车停在一幢涂了深色油漆的两层楼木头房子前面。我去拉门铃。齐娜伊达·费多罗芙娜从我手里接过一个不大的、很轻的柳条筐,这是我们带出来的唯一

的行李,她苦笑着说:

"这算是我的珍贵物品①了。……"

可是她那么衰弱,拿不动这个珍贵物品。我们等了很久,没有人来开门。拉过第三次或者第四次门铃以后,窗子里才闪出亮光,传来脚步声、咳嗽声、低语声。最后门锁咔嗒响了一声,门口出现一个胖女人,神色惊慌,涨红了脸。她身后,离她不远的地方站着一个又小又瘦的老太婆,留着短短的白发,穿一件白色上衣,手里举着一支蜡烛。齐娜伊达·费多罗芙娜跑进前堂,搂住这个老太婆的脖子。

"尼娜,我受骗了!"她说着,放声痛哭,"我给人家粗暴而卑鄙地欺骗了!尼娜!尼娜!"

我把柳条筐交给那个女人。门关上了,可是仍旧可以听见哭声和叫声:"尼娜!"我坐上马车,盼咐车夫让马车慢慢地驶往涅瓦大街。我也得想一想我该到哪

---

① 原文为法语。

儿去过夜。

第二天将近傍晚我到齐娜伊达·费多罗芙娜那儿去。她大变了。她那张苍白的、十分消瘦的脸上已经没有泪痕,脸上的神情也两样了。我不知道究竟是因为我如今在另一种根本说不上奢华的环境里看见她,而且我们的关系也跟过去截然不同,或者,也许因为强烈的悲伤在她身上留下了烙印,总之,现在她在我心目中不像往常那么优雅和美丽了。她的身材似乎矮了一点,我在她的动作里,在她的步态上,在她的脸上都发现焦躁、冲动的意味,好像她有什么事急着要办似的,就连她的笑容也不像过去那样柔和了。此刻我穿着一身当天买来的价钱很贵的衣服。她首先瞟一眼我的衣服和我手里拿着的帽子,然后用急躁和探究的目光打量我的脸,好像要研究我的面貌似的。

"您这种变化,依我看来,仍然像是奇迹,"她说,"请原谅我这么好奇地看您。要知道,您是个不平常的人啊。"

我又对她讲起我是什么人,为什么到奥尔洛夫家里去当差,我讲得比昨天更长久,更详细。她十分注意地听着,没容我讲完就说道:

"我跟那儿已经一刀两断了。您要知道,我忍不住写了一封信。瞧,这就是回信。"

她递给我一张纸片,那上面有奥尔洛夫的字迹:"我不打算为自己辩白。不过您得承认:错的是您而不是我。祝您幸福,请您赶快忘掉尊敬您的盖·奥。

"附白:送上您的物件。"

奥尔洛夫派人送来的箱子和筐子就放在这儿客堂里,我那只寒伧的手提箱也夹在里面。

"这是说⋯⋯"齐娜伊达·费多罗芙娜说,却没有讲完。

我们沉默了一阵。她接过那封信去,把它举到自己的眼睛前面,看了两分钟光景。这当儿她脸上现出高傲、轻蔑、骄矜、冷酷的神情,如同昨天我们开始说穿的时候一样。她眼睛里噙着泪水,然而不是胆怯而辛酸的泪水,却是骄傲而气愤的泪水。

"您听我说。"她说,猛地站起来,往窗口走去,不让我看见她的脸,"我已经做出决定,明天就跟您一块儿出国去。"

"那好极了。哪怕今天走也行。"

"您就收容我这个小兵吧。您看过巴尔扎克的作品吗?"她忽然转过身来问道,"您看过吗?他的长篇小说《高老头》①是这样结束的:主人公从一个山冈的顶上瞧着巴黎,威胁这个城说:'现在我们要清账了!'这以后他就开始过一种新的生活。我也是这样,等我在火车里最后一次看彼得堡的时候,我就要对它说:'现在我们要清账了!'"

说完以后,她为她这句玩笑话微微一笑,而且不知什么缘故,周身打了个冷战。

---

① 原文为法语。

十五

在威尼斯,我害了肋膜炎。大概傍晚我们从火车站坐船到保尔旅馆的路上,我着了凉。我只好从头一天起就躺在床上,而且一连躺了两个星期光景。在我病中,齐娜伊达·费多罗芙娜每天早晨都从她的房间到我这儿来,陪我一块儿喝咖啡,然后为我念法文书和俄文书,这类书我们在维也纳买了很多。这些书有的我早已看过,有的我不感兴趣,不过我的身旁响着一个可爱的、和善的声音,于是对我说来,所有这些书的内容实际上汇合成为一点:我不是孤身一个人。她常出去散步,然后走回来,穿着淡灰色的连衣裙,戴着轻便的草帽,高高兴兴,给春天的太阳晒得周身暖和,在我床边坐下,低下头凑近我的脸,讲些关于威尼斯的事,或者念那些书,于是我的心情就舒畅了。

夜里我觉得冷,胸口痛,闷得慌,可是白天我陶醉在生活里,——我再也找不到更好的说法了。射进敞开的窗口和阳台门的明亮、暖烘烘的阳光、下边的呼喊声、船桨的拍水声、铜钟的叮当声、午间火炮的隆隆声、十足的自由感觉,都在我身上造成了奇迹。我仿佛觉得两肋生出宽阔有力的翅膀,把我带到上帝才知道的什么地方去了。想到如今有另一个人的生活跟我的生活并行前进,想到我是一个年轻、美丽、富足而又脆弱孤单、受尽委屈的人的仆从、保护人、朋友,不可缺少的旅伴,这是多么美妙,有时候又是多么令人高兴!就连生病也是愉快的,因为你知道有人如同盼着节日那样盼着你痊愈。有一回我听见她在门外跟我的医生小声谈话,后来又眼泪汪汪地进来看我,这是不吉利的兆头,不过我还是受到感动,心里异常轻松。

可是后来医生容许我到阳台上走动。太阳和海上吹来的微风温存轻柔地抚摩着我的病体。我瞧着下面那些我早已熟悉的游艇带着女性那样优雅的姿态平稳庄重地漂荡着,仿佛是些活的东西,正在领略这种独特迷人的文化的种种华美。空中弥漫着海水的气味。不知什么地方有人弹着琴弦,两个人在唱歌。这多么好啊!跟那个湿雪纷飞、粗野地抽打人脸的彼得堡夜晚是多么不同!要是人笔直地望到运河对面,就可以看见海滨,看见水天相连的广大海面上,阳光洒下万点金星,明晃晃的,照得人的眼睛刺痛。我的心向往着那边,向往着亲切美好的大海,我就是在海上献出了我的青春。我一心想生活!只要能生活,别的就什么都不需要了!

过了两个星期,我已经自由,想上哪儿就可以上哪儿了。我喜欢坐在有阳光的地方,听船夫讲话,却又听不懂他们在说什么,一连几个钟头瞧着一所小房子,据说苔丝德蒙娜①在那儿住过。那是一所朴素、凄凉、带着处女模样的小房子,轻巧得像钩花织物似的,仿佛一只手就能把它托起来。我在卡诺瓦②的坟墓旁边站立

---

① 莎士比亚的悲剧《奥赛罗》中的女主人公。
② 18世纪末19世纪初意大利雕塑家。——俄文本编者注

很久,目不转睛地看着那头悲哀的狮子。在中世纪威尼斯共和国首领的宫殿里,我老是往墙角走去,看那张用黑色油墨画成的不幸的马里诺·法里叶罗①的肖像。我想,做个画家,诗人,剧作家,那多么好啊;如果我做不到,那么,就是沉溺于神秘主义也好啊!除了充塞着我灵魂的恬淡的平静和满足以外,只求再有一丁点儿信仰就好了。

每到傍晚我们吃牡蛎,喝葡萄酒,坐船游逛。我记得我们那条黑色的游艇停在一个地方不动,轻轻摇晃,隐约可以听见游艇下面流水汩汩地响。星光和岸上的灯光在水面上各处闪烁,颤动。离我们不远,有一条游艇挂满彩灯,灯光映在水里,游艇上坐着一些人,正在唱歌。吉他、提琴、曼陀林的乐声和男男女女的说话声在黑暗里飘荡,齐娜伊达·费多罗芙娜却脸色苍白地坐在我旁边,面容严肃,而且几乎可以说是严厉,她抿

---

① 14世纪威尼斯总督,因密谋在威尼斯建立民主共和国而被处死刑。——俄文本编者注

紧嘴唇,握紧自己的手。她在想心事,连眉毛都没动一下,也没有听我讲话。她的脸,她的姿态,她那呆呆的、什么表情也没有的目光,她那极其黯淡的、可怕的、像雪那么冰冷的回忆,配上四周的游艇、灯火、音乐、夹在歌声中的有力而热烈的呼喊声:"贾-莫!……贾-莫!……"形成多么鲜明的生活对照啊!每逢她照这样坐着,握紧双手,一动也不动,神情哀伤,我总觉得我们两人都像是旧式长篇小说里的人物,那种小说往往起《不幸的女人》、《遭遗弃的女人》之类的名字。我们两人当中,她是不幸的弃妇,我是忠实热诚的朋友,梦想家,也可以说是多余的人,失意的人,什么事也不会做,只会咳嗽和梦想,此外,也许还会牺牲自己……可是如今谁还需要我牺牲,什么事还需要我去牺牲呢?而且,我还有什么可以牺牲的呢?

傍晚闲游以后,我们每次都在她的房间里喝茶,谈天。我们不怕触到旧有的、还没有痊愈的创伤,正好相反,我常对她讲起我在奥尔洛夫家里的生活,或者公然提到我所了解而且也瞒不过我的他们那种关系,遇到这种时候,不知什么缘故,我甚至觉得挺痛快。

"有些时候我恨您,"我说,"他耍脾气,瞧不起您,说谎,事情这么明显,您却看不出来,不懂,这真叫我暗暗吃惊。您吻他的手,跪在他面前,巴结他。……"

"那时候我……吻他的手,对他跪着,是因为我爱他……"她说道,脸红了。

"难道要识破他就这么困难?好一个斯芬克司①!这个斯芬克司不过是宫中的一个低级侍从罢了!我一点也不想责备您,上帝保佑,"我接着说,觉得我有点粗暴,在触到别人灵魂的时候缺乏那种十分必要的委婉和体贴的态度。以前,在跟她相识以前,我并没有发现自己有这种缺点。"可是您怎么会没看出来呢?"我又说一遍,不过声音轻多了,也不那么理直气壮了。

"您是想说您藐视我的过去,您是对的,"她十分

---

① 希腊神话中人面狮身女怪,专叫过路人猜谜,猜不中就被她杀死。

激动地说,"您是属于特殊类型的人,像这样的人是不能用普通的尺度来衡量的。您在道德上的要求分外严格,超出常人,而且我明白您不可能宽恕人。我了解您,要是有时候我说出反驳您的话,那也不等于我对事情的看法跟您不同。我所以说旧日的废话,那纯粹是因为我还没有来得及穿破我的旧衣服,摆脱我的旧偏见罢了。我自己也痛恨和藐视我的过去,藐视奥尔洛夫和我的爱情。……那算是什么爱情?现在看来简直可笑,"她说着,走到窗前,看下面的运河,"那种爱情只能蒙蔽良心,弄得人糊里糊涂。生活的意义只有一个,那就是斗争。用鞋后跟踩着可恶的蛇头,咔嚓一声把它踩碎!意义就在这儿。只有这么一个意义,别无其他意义了。"

我对她讲起我过去的冗长历史,叙述我那些确实惊人的经历。不过,关于我内心所起的变化,我却一个字也没提。她每次都十分注意地听我讲,听到有趣的地方就搓手,仿佛暗自懊恼她还没有机会经历到这样的惊险、恐惧、快乐似的。可是忽然间,她沉思不语,想起自己的心事来了。我从她的脸上看出来,她没有听我讲下去。

我关上朝着运河的窗子,问她要不要生壁炉。

"不,别生了。我不冷,"她说,淡淡一笑,"我只觉得浑身没有力气罢了。您要知道,我觉得近来我变得聪明多了。我现在有些不平常的、独特的想法。比方说,我一想到过去,想到我那时候的生活……想到一般的人,这一切就在我的心里汇合成一个东西,那就是我继母的形象。她是一个粗暴无耻的女人,没有心肝,假仁假义,淫荡,并且有吗啡瘾。我父亲软弱,没有骨气,由于贪财而娶了我的母亲,弄得她害上了痨病,可是对第二个妻子,我的继母,却爱得热烈,爱得发疯。……我受够了罪!哎,说这些有什么意思呢!喏,我是说,一切都汇合成一个形象。……我心里真是恼火:为什么我的继母死掉了?我现在倒真想见到她呢!……"

"为什么?"

"哦,我也不知道……"她说,笑起来,妩媚地摇一下头,"晚安。祝您身体好起来。等您恢复了健康,我们就着手做我们的工作。……现在该开始了。"

等到我告辞,握住门把手,她却问道:

"您认为怎么样?波丽雅还住在他那儿吗?"

"有可能。"

我回到我的房间去了。我们照这样生活了一个月。有一天中午,天色阴沉,我们两人站在我房间里的窗前,沉默地瞧着从海上移过来的乌云,瞧着颜色发青的运河,料到马上就会来一场大雨。等到又细又密的雨丝像纱布那样遮住海滨,我们两人忽然觉得烦闷乏味。当天我们就动身到佛罗伦萨去了。

十六

事情发生在尼斯,那已经是秋天了。有一天早晨,我走到她的房间去,她坐在一把圈椅上,一条腿搭在另一条腿上,伛着腰,容貌消瘦,用手蒙住脸,正在伤心地痛哭,她那没梳好的长发一直披到膝头上。我刚刚看过美妙动人的海景,正想把我的印象讲给她听,这时候那些印象忽然离开我,我的心痛苦得缩紧了。

"您怎么了?"我问。她的一只手从脸上移开,对我挥一挥,要我走出去。"咦,您怎么了?"我又说一遍,在我们相识的这段时期,我头一次吻了她的手。

"不,不,没什么,"她很快地说,"哎,没什么,没什么。……您走吧。您看,我还没梳洗好呢。"

我十分紧张地走出去。很久以来,我的心境一直平静,无忧无虑,如今却让同情心搅乱了。我一心想扑到她的脚边去,求她别独自哀哭,把她的痛苦分一部分给我。海水平稳的哗哗声在我耳朵里响着,像是不吉利的预言,我看出日后还会有眼泪、悲愁、损失。她为什么哭,为什么呢?我问自己,想起她的脸和痛苦的目光。我想起她怀着孕。她极力掩盖她怀孕,既要瞒住外人,又要瞒住自己。在家里,她穿肥大的罩衫,或者胸前有很多皱褶的上衣。她到外面去走动,总是把腰身勒得很紧,有两次我跟她一块儿散步,她竟晕倒了。她对我从不谈起她怀孕,有一回我略微提到她不妨去找一位大夫看看,她却涨红了脸,一句话也没说。

后来我又到她房间去看她,她已经穿好衣服,梳过头了。

"得了,得了!"我看见她又要哭出来,就说,"我们最好到海边去走走,谈谈天吧。"

"我不能谈话。对不起,按我现在的心情,我只想一个人待着。符拉季米尔·伊凡诺维奇,下一次您来找我,请您预先敲一下房门。"

"预先"这两个字听起来有点特别,不像女人的口气。我走出去。那该诅咒的彼得堡时期的心境回来了,所有我的梦想都像炎阳下的树叶那样萎缩、收拢了。我感到自己又孤孤单单,我们之间的亲密关系不存在了。我跟她的关系无异于蜘蛛网跟棕榈树的关系,蜘蛛网偶尔挂到树上,经风一吹,它就扯碎,飘走了。我在奏着音乐的小公园里散步,后来走进娱乐场,瞧着那些穿得花花绿绿、周身发出浓香的女人,她们每人都瞟我一眼,好像想说:"你孤孤单单,那好极了……"后来我走到露台上,久久地瞧着海洋。远处水天相连的地方,一条船也没有,左边海岸上,淡紫色的雾霭笼罩着山峦、花园、塔楼、房屋。太阳照着这一切,然而这些东西都显得陌生,冷漠,一团糟。……

十七

她每天早晨仍旧到我的房间里来喝咖啡,可是我们不再在一块儿吃饭了。照她的说法,她不想吃饭,只喝点咖啡,喝点茶,吃点零食,例如橙子和夹心糖果,就够了。

我们傍晚也不再闲聊了。我也不知道怎么会弄成这样的。自从我撞见她流泪的那天起,她对待我就有点冷淡,有时候爱理不理,甚至带点讥诮的态度,不知什么缘故竟称呼我"我的先生"了。那些她以前觉得可怕、惊人、富有英雄气概的事,那些曾使她羡慕和兴奋的事,现在却一点也不能感动她,她听我讲完以后照例伸个懒腰,说:

"是啊,波尔塔瓦近郊发生过战役①,我的先生,发生过的。"

有时候我甚至一连几天都碰不到她。我往往胆怯地、负疚地敲她的房门,却得不到回答,我再敲一次,还是沉默。……我只能站在门外听动静。后来有一个女仆走过我的身旁,冷冷地说:"太太出去了。"②后来我就在旅馆的过道上来回地走着,走着。……那儿可以看到一些英国人、胸部丰满的太太、穿燕尾服的侍役……我久久地瞧着铺满整个过道的长条地毯,突然

---

① 俄国诗人莫尔恰诺夫(1809—1881)所作的一首诗的第一行,这首诗经人编成歌曲,在当时极为流行。这句诗在此用来讥诮,含有"好汉不提当年勇"的意思。
② 原文为法语。

想起我在这个女人的生活里扮演着一个古怪的、大概虚伪的角色,而我已经没有力量改变这种角色了。我就跑回我的房间,扑在我的床上,想了又想,可是什么也没想出来,只有一件事我是清楚的:我要生活,她的脸色越难看,越干巴巴、越冷冰冰,我就越想亲近她,越强烈而痛苦地感到我们之间的密切关系。随她去叫"我的先生",随她去用那种随便的、轻慢的口吻讲话,她要怎么样都随她,可就是千万别丢开我,我的宝贝。我现在就怕孤单。

然后我又走到过道里,心神不定地听着。……我没吃午饭,也没留意傍晚是怎样来临的。最后到十点多钟,那熟悉的脚步声才响起来,楼梯的拐角上出现了齐娜伊达·费多罗芙娜。

"您是在散步吗?"她走过我的身旁,问道,"您还是到外面去走一走的好。……晚安!"

"难道我们今天不再见面了?"

"看来时候已经晚了。不过,也随您。"

嫁　妆　集

"告诉我,您到哪儿去了?"我跟着她走进她的房间,问道。

"哪儿吗？到蒙特卡洛①去了,"她从衣袋里取出十枚金币说,"瞧,我的先生。我赢了。我玩轮盘赌来着。"

"哎,您不会去赌钱的。"

"为什么不会？明天我还要去呢。"

我想象她怎样带着难看的病容,由于怀孕而用力勒紧腰身,站在赌桌旁边,夹在妓女和那些见着黄金如同苍蝇见着蜜糖一样的昏聩的老太婆中间。我想起,不知什么缘故,她是瞒着我到蒙特卡洛去的。……

"我不相信您的话,"有一天我说,"您不会到那儿去的。"

"不必担心。我不会输很多钱。"

"问题不在输钱上,"我烦恼地说,"难道您在那儿

---

① 欧洲一个著名的赌城,在摩纳哥。

赌钱,就没有想到黄金的亮光、所有那些老老少少的女人、赌场的庄家、那种排场,统统是对工人的劳动,对辛苦的血汗的卑鄙可恶的嘲弄吗?"

"要是不赌钱的话,那在这儿有什么事可干呢?"她问,"至于工人的劳动啦,辛苦的血汗啦,这些漂亮话您不妨留到别的时候再讲。不过现在,既然您讲开了头,那就请您容许我继续谈下去。请您容许我直截了当地提出一个问题:我在这儿有什么事可干,我该干什么呢?"

"该干什么?"我耸耸肩膀,说,"这个问题一下子是答不出来的。"

"我请求您凭良心回答我,符拉季米尔·伊凡内奇,"她说,面有愠色,"既然我决心对您提出这个问题,那就不是为了听您说些陈词滥调。我问您,"她接着说,用手心拍着桌面,仿佛在打拍子似的,"我在这儿应该干些什么? 不仅是在这儿,在尼斯,而是在任何地方。"

我没说话,从窗口望着海洋。我的心跳得厉害。

"符拉季米尔·伊凡内奇,"她轻声说,上气不接下气,说话很费力,"符拉季米尔·伊凡内奇,如果您自己不相信那个事业,如果您不再想干那个事业,那为什么……为什么您把我从彼得堡拉出来?为什么您对我做出诺言?为什么您在我的心里挑起疯魔般的希望?您的信念已经改变,您变成另一个人了,谁也不会因此来责难您,信念不是永远能够由我们自己做主的,可是……可是,符拉季米尔·伊凡内奇,看在上帝分上,告诉我,您为什么要作假?"她走到我跟前,轻声说下去,"这些月以来我一直诉说我的梦想,讲了许多昏话,热衷于我的计划,按照新的方式改造我的生活,可是为什么您不把真情告诉我,却沉默不语,或者讲些故事来鼓励我,装出支持我的样儿?为什么?这样做有什么必要呢?"

"要我承认自己的信念崩溃,那是困难的,"我说,转过身来,可是眼睛没有瞧她,"是的,我没有信念,厌倦,灰心了。……要说实话是困难的,困难得很,我就沉默了。求上帝不要让别人经历我经历过的事才好。"

我觉得马上要哭出来了,就停住嘴。

"符拉季米尔·伊凡内奇,"她说,抓住我的两只手,"您经历过很多事,受过很多苦,您知道的比我多。请您认真地想一下,告诉我:我该怎么办?请您教导我。如果您自己已经没有力量往前走,也没有力量带着别人一块儿走,那么请您至少向我指出,我该到哪儿去。您会同意,我毕竟是个有思想有感情的活人。处在糊里糊涂的局面里……扮演一种荒唐的角色……在我是痛苦的。我不想责备您,也不想怪罪您,而只是要求您。"

茶端来了。

"嗯,怎么样?"齐娜伊达·费多罗芙娜递给我一杯茶,问道,"您要对我说些什么呢?"

"亮光可不止从这个窗子里望到的那么一点点,"

我回答说,"除了我以外,还有别的人呢,齐娜伊达·费多罗芙娜。"

"那就请您对我指点一下他们在哪儿,"她急忙说,"我要求您的也就是这一点。"

"我还有话要说,"我接着说,"为思想服务可以不止通过一种途径。如果一个人犯了错误,对某种思想丧失了信心,那他可以另找一种。思想的世界是广阔无垠的。"

"思想的世界!"她拖长声音说,讥诮地瞧着我的脸,"那我们还是不谈的好。……谈这些有什么用?……"

她脸红了。

"思想的世界!"她又说一遍,把食巾往旁边一丢,脸上现出愤慨和厌弃的神情,"我明白,所有您那些美妙的思想都归结到不可避免而且不可缺少的一点:我得做您的情妇。您所需要的无非就是这一点。光有思想而不做最正直而且最有思想的人的情妇,那就等于不了解思想。必须从这儿开始……那就是说,从做情妇开始,别的也就迎刃而解了。"

"您发脾气了,齐娜伊达·费多罗芙娜。"我说。

"不,我是诚恳的!"她喘吁吁地嚷道,"我是诚恳的。"

"也许您是诚恳的,不过您错了,我听着您的话,心里很难过。"

"我错了!"她讥笑道,"这话谁都可以说,就是您不能说,我的先生。就让您觉得我不体恤人,我残忍吧,我也顾不上这许多了。我只问您:您爱我吧?您不爱我?"

我耸了耸肩膀。

"是啊,您耸肩膀了!"她继续讥诮地说下去,"先前您生病的时候,我听见您在昏迷中说了些胡话,后来又老是那种含情脉脉的目光,那种唉声叹气的腔调!那种关于亲密无间、精神相通的宏论。……不过主要的是,为什么您一直不诚恳呢?为什么您瞒住事情的真相，说些言不由衷的话？要是您从一开头就说明白究竟是什么样的思想促使您把我从彼得堡拉出来，那我就知道该怎么办了。那我就会按我的心意服毒自尽，也就不会有现在这一出无聊的滑稽戏了。……唉，谈这些有什么用！"她对我摆一摆手，坐下去。

"听您的口气，似乎您怀疑我有什么卑劣的打算。"我说，生气了。

"哎，得了吧。谈这些有什么用。我倒不是怀疑您的打算，而是怀疑您压根儿就没有什么打算。要是您有打算，我就会知道了。除了思想和爱情以外，您什么也没有。现在是思想和爱情，将来呢，我做您的情妇。在生活里也好，在小说里也好，都是这一套。……是啊，您常骂他，"她说，用手心往桌上一拍，"可是，人倒不得不同意他的话。难怪他藐视所有这些思想。"

"他不是藐视这些思想，而是怕它们，"我叫道，"他是胆小鬼，虚伪的家伙。"

"哼，算了吧！他是胆小鬼，虚伪的家伙，欺骗了我,那么您呢?原谅我直说:您是什么人呢?他骗了我,把我丢在彼得堡,听任我自生自灭;而您呢,骗了我,把我丢在这儿。不过他骗人至少还没拉扯上什么思想,而您……"

"看在上帝分上,您怎么能说这种话呢?"我说,吓坏了,绞着手,急忙走到她跟前,"不,齐娜伊达·费多罗芙娜,不,这是愤世嫉俗,您不能这样绝望。您听我说,"我接着说,灵机一动,抓住一个突然在我脑子里模糊地闪现的思想,我好像觉得这个思想还能拯救我们两个人,"您听我说。我这一辈子经历过许多事,多得现在回想起来就会头昏;可是现在我已经凭我的头脑,凭我的苦恼的心灵深深地体会到,人类的使命只在于无私地热爱他人,此外没有别的使命了。这就是我们该走的路,这就是我们的使命!这就是我的信念!"

紧接着我想讲仁慈,讲宽恕一切,可是我的声调忽然显得不诚恳,我心慌了。

"我要生活!"我诚恳地说,"生活,生活!我要和平,要安静;我要温暖,要这个海,要您在我身边。啊,我多么希望在您的心里也激起这种对生活的热烈渴望啊! 刚才您说到爱情,可是在我,只要挨近您,听到您的说话声,看到您脸上的表情,就心满意足了。……"

她脸红了,为了阻止我说话而急忙说:

"您热爱生活,可是我痛恨生活。可见我们的道路不同。"

她给自己斟好一杯茶,可是没有碰它,却走进卧室,躺了下来。

"我看我们还是不谈这些的好,"她从卧室里对我说,"对我来说,什么都完了,我什么也不需要。……何必再谈呢!"

"不,不是什么都完了!"

"唉,算了吧! …… 我明白! 我厌烦了。……够了。"

我站了一会儿,从这个墙角走到那个墙角,然后走出房间,到了过道上。夜深的时候我走到她的房门口去听,清楚地听见她在哭泣。

第二天早晨,一个仆役给我送衣服来的当儿含笑通知我说,十三号房间里的太太临盆了。我匆忙穿上衣服,吓得心慌意乱,赶紧到齐娜伊达·费多罗芙娜那儿去了。她的房间里有一个医生,一个助产士,一个从哈尔科夫来的、上了年纪的俄国女人,名叫达丽雅·米海洛芙娜。这儿有乙醚的气味。我刚跨进门槛,就听见从她躺着的房间里发出来的轻微而凄凉的呻吟声。这声音仿佛是一阵风从俄国刮到我这儿来的,我想起了奥尔洛夫、他的讥诮神情、波丽雅、涅瓦河、大片的飞雪,然后是没有车帘的马车、那天早晨我在寒冷的天空中看到的预兆和绝望的喊叫声:"尼娜!尼娜!"

"您进来看看她吧。"那位太太说。

我走到齐娜伊达·费多罗芙娜的床边,觉得自己仿佛就是孩子的父亲。她躺在那儿闭着眼睛,脸容消瘦苍白,戴一顶镶花边的白色睡帽。我记得她脸上有两种表情,一种是冷漠,衰弱,另一种是稚气,孤苦无依,这后一种表情是那顶白色睡帽赋予她的。她没听见我走进来,或者也许听见了,却不理我。我站在那儿瞧着她,等着。

可是后来她痛得脸容大变,睁开眼睛,瞧着天花板,仿佛在思忖她出了什么事似的。……她脸上现出嫌恶的神情。

"真讨厌。"她小声说。

"齐娜伊达·费多罗芙娜。"我轻轻叫她的名字。

她冷漠而衰弱地看我一眼,就闭上眼睛。我站了一会儿,就走出去了。

夜里达丽雅·米海洛芙娜通知我说,一个女孩出世了,可是产妇情况危险。随后过道里不断有人跑过,声音嘈杂。达丽雅·米海洛芙娜又来找我,现出绝望的脸色,绞着手,说:

"哎,这真可怕!大夫怀疑她服了毒!唉,俄国人在这儿的行动多么糟糕!"

第二天中午,齐娜伊达·费多罗芙娜去世了。

十八

两年过去了。情况改变,我又来到彼得堡,可以在这儿住下,已经不再东躲西藏了。我不再担心自己会感伤,或者显得感伤,我全身心都沉浸在齐娜伊达·费多罗芙娜的女儿索尼雅在我心里激起的那种父爱之中,或者确切些说,沉浸在偶像崇拜的感情里了。我亲自喂她吃东西,给她洗澡,安排她睡下,我的眼睛整夜不离开她。每逢我觉得她好像快要从奶妈手中掉下地的时候,我总是尖声叫起来。随着光阴的流逝,我对平凡的日常生活的渴望越来越强烈,越来越恼人;可是那些海阔天空的梦想都在索尼雅身旁停住,仿佛我在她身上终于找到了我恰好需要的东西似的。我发疯般地爱这个小姑娘。我在她身上看到我的生命的延续。我不是出于想象,而是切身感觉到,并且几乎相信:我日后丢掉我这个瘦长、皮包骨、生着一把大胡子的躯壳的时候，我就会在这对淡蓝色的小眼睛里，在这些光滑的淡黄色头发里，在这两只那么亲热地摸着我的脸、搂住我的脖子的、胖胖的粉红色小手里继续生存下去。

　　索尼雅的命运使我担心。她的父亲是奥尔洛夫，在出生证上她的姓却是克拉斯诺甫斯卡雅，唯一知道她的存在而且对此感兴趣的人就是我；不过我自知生命已快结束，必须认真地为她打算一下才好。

　　我到彼得堡的第二天就去找奥尔洛夫。给我开门的是一个胖老头，留着红褐色的络腮胡子，没有唇髭，看来是个日耳曼人。波丽雅正在打扫客厅，没有认出我来，可是奥尔洛夫倒一眼就认出我来了。

　　"啊，造反的先生！"他说，笑起来，好奇地打量我，"哪阵风把您吹来了？"

　　他一点也没变样，仍旧是那张保养得很好、令人不快的脸，仍旧是那么一副讥诮的神情。桌子上也像以前那样放着一本新书，书里夹着一把象牙柄的小刀。显然，我来以前他在看书。他请我坐下，递给我一支雪茄烟,带着只有受过良好教育的人才会有的殷勤神情遮掩我的脸和我的瘦身材在他心里引起的不愉快感觉,随随便便地说到我一点也没变,尽管我留着一把大胡子,也还是很容易认出来。我们谈起天气,谈起巴黎。为了快一点摆脱那个压在他和我的心头而又不得不谈的苦恼问题,他就问道:

"齐娜伊达·费多罗芙娜去世了?"

"是的,她去世了。"我回答说。

"因为难产而死的吗?"

"是的,因为难产。大夫怀疑她的死另有原因,不过……为了使您和我都心安一些,就姑且认为她是死于难产吧。"

他出于礼貌叹一口气,沉默了,仿佛安静的天使飞过我们的头顶。

"是啊。我这儿一切照旧,没有什么特别的变化,"他发现我打量这个书房,就赶忙说,"我父亲,您知道,已经辞去官职,退休了。我还在原来的地方工作。您记得彼卡尔斯基吗？他还是老样子。格鲁津去年得白喉症去世了。……哦,库库希金还活着,常常想起您。顺便提一下,"奥尔洛夫接着说,不好意思地低下眼睛,"库库希金知道您是什么样的人以后,就到处说您袭击他,有意弄死他……他好不容易才保全了性命。"

我没有说话。

"老仆不忘旧主啊。……您太好了,"奥尔洛夫打趣说,"不过,您要喝点葡萄酒或者咖啡吗？我吩咐他们去煮。"

"不,谢谢了。我来找您是为了一件很重要的事,盖奥尔季·伊凡内奇。"

"我是不大喜欢重要的事的,不过我愿意为您效劳。请问什么事呢？"

"您要知道,"我开口了,很激动,"去世的齐娜伊达·费多罗芙娜的女儿现在跟我一块儿住在此地。……直到现在为止,我一直在带领她,可是,您看得出来,过不了多少日子,我就要从世上消失了。我希望在我临死前能够知道她有了归宿。"

奥尔洛夫有点脸红了,他皱起眉头,严峻地瞥了我一眼。使他感到不愉快的与其说是这件"重要的事",不如说是我那句"从世上消失"的话,那句关于死亡的话。

"是的,关于这一点应该考虑一下,"他说,用手遮住眼睛,像要挡住阳光似的,"谢谢您。您是说,是个女孩儿?"

"是的,女孩儿。一个很好的女孩儿!"

"哦,当然不是一条哈巴狗,而是一个人……当然得认真考虑一下。我准备尽力,而且……很感激您。"

他站起来,走来走去,咬着手指甲,在一幅画前面站住。

"这件事得考虑一下,"他声音低沉地说,背对着我,"今天我就到彼卡尔斯基家去,请他到克拉斯诺甫斯基那儿走一趟。我想克拉斯诺甫斯基不会推三阻四,他会同意收留这个女孩儿的。"

"可是,对不起,我不明白克拉斯诺甫斯基跟这件事有什么相干。"我说,也站起来,往书房另一头的一幅画走去。

"不过我想,她总是姓他那个姓吧!"奥尔洛夫说。

"是的,也许按照法律他有责任收留这个孩子,这我不知道;不过,盖奥尔季·伊凡内奇,我来找您不是为了讨论法律问题的。"

"对,对,您说得对,"他急忙同意说,"我似乎在胡说八道了。可是您也不要激动。我们会把这件事商量得双方都满意的。一个办法不行,就换另一个! 另一个不行就再换第三个,这个棘手的问题反正会得到解决。彼卡尔斯基会把事情料理妥当的。请您费神,把您的地址留在我这儿,我们一做出决定就马上通知您。您住在哪儿?"

奥尔洛夫记下我的地址,叹了口气,带着笑容说:

"上帝啊,做一个小女儿的父亲是多么麻烦的事啊!① 不过彼卡尔斯基会把事情料理妥当的。他是一个所谓精明人。那么,您在巴黎住了很久吗?"

"两个月。"

我们沉默了一阵。奥尔洛夫显然担心我再谈起那个小姑娘,为了把我的注意力引到别的方面去,就说:

"您大概已经忘了您那封信。可是我倒一直保存着呢。我明白您那时候的心情,说老实话,我是尊重那封信的。'该诅咒的冷血'啦,'亚洲人'啦,'马嘶般的笑声'啦,这都写得动人而有特色,"他接着说,讥诮地微笑着,"基本思想也许接近真实,不过这也可以引起无穷无尽的争论。我的意思是,"他踌躇地说,"不是为思想本身争论,而是为您对问题的态度争论,为您那容易冲动的气质争论。不错,我的生活不正常,腐败,一无是处,怯懦又妨碍我开始过新的生活,在这方面您

---

① 引自格里鲍耶陀夫的喜剧《智慧的痛苦》,个别词有改动。——俄文本编者注

说得完全对。可是,您把这种事看得过于认真,您激动,而且弄得自己灰心绝望,这却没有道理,在这方面您就完全不对了。"

"一个活人看见自己和周围的人都在走向灭亡,就不能不激动,不能不绝望。"

"谁说不呢!我根本不是宣传漠不关心,我只是希望对生活采取客观的态度。越是客观,犯错误的危险就越少。应当找到问题的根子,在每个现象里寻求一切原因中的原因。我们软弱,堕落,终于倒下去。我们这一代统统是神经衰弱的人和无病呻吟的人,我们一个劲儿地讨论什么厌倦啦,疲劳过度啦,然而该对这一点负责的不是您,也不是我,我们太渺小,不可能左右整整一代人的命运。必须认为这儿有一些重大的和普遍的原因,一些从生物学观点看来自有其实在意义①的原因。我们都是神经衰弱的人,精神萎靡的人,

---

① 原文为法语。

改变信念的人;不过这也许对那些在我们以后生活的许多代人是必要和有益的。没有上帝的旨意就连一根头发也不会从脑袋上掉下来,换句话说,在自然界和人类中间,什么事情都不会无缘无故发生。一切都自有根据,出乎必然。既是这样,那我们又何必特别担心,写些绝望的信呢?"

"话是不错的,"我想了一想,说,"我相信后代人会轻松点,看得清楚点。我们的经验会对他们有用。可是说真的,人们也要过眼前的生活,而不仅仅为他们着想。人只能活一次,人都想活得有劲,明智,美好。人都想扮演出色的、独立的、高尚的角色,都想把历史创造得使后代子孙没有权利说我们任何人是废物,或者比废物都不如。……我相信周围发生的一切事情的合理性和必然性;然而那种必然性跟我有什么关系呢?我为什么就应该丧失我的'我'呢?"

"唉,那有什么办法呢!"奥尔洛夫叹道,站起身来,仿佛要我明白,我们的谈话已经结束。

我拿起我的帽子。

"我们只坐了半个钟头,可是,想想看,解决了多少问题啊!"奥尔洛夫说,送我走进前厅,"那么我来把那件事办一下。……今天我就去找彼卡尔斯基。请您不必担心。"

他站住,等我穿好衣服,显然因为我马上就要走掉而暗自高兴。

"盖奥尔季·伊凡内奇,请您把我的信还给我。"我说。

"遵命。"

他走到书房去,过一会儿拿着那封信回来。我道过谢,就走了。

第二天我接到他写来的一封信。他庆贺我,说是问题已经顺利地解决。他写道,彼卡尔斯基认识一位太太,这人开着一所近似幼儿园的寄宿学校,就连很小的孩子都收养。那位太太是完全可靠的,不过在跟她接洽以前不妨去找克拉斯诺甫斯基谈一谈,这是手续上的需要。他劝我马上去找彼卡尔斯基,要是有孩子的出生证,就随身带去。这封信的结尾是"请您相信您恭顺的仆人的真诚的敬意和忠诚。……"

我看着这封信,索尼雅正坐在桌子上,注意地瞧着我,眼也不眨,仿佛知道她的命运正在被人决定似的。

她 的 丈 夫[①]

一个空闲的夜晚。歌剧女演员娜达丽雅·安德烈耶芙娜·勃罗宁娜(若是随丈夫的姓,就是尼基特金娜)在她的卧室里躺着,全身心都在休息。她舒舒服服,半睡半醒,想念她的小女儿,如今女儿跟她奶奶或者姑母住在远方。……这个小女儿对她来说比观众、花束、评论、捧场人都宝贵……她倒乐于这样想念她,一直想到天明。她幸福,安宁,只巴望不要有人来打搅

---

① 原文为法语,含有"夫以妻贵"的讽刺意味。

她这种心平气和的静卧,让她在睡意蒙眬中怀念她的小女儿。

忽然,这位歌剧女演员打了个哆嗦,睁大眼睛,原来门厅响起了刺耳、急促的门铃声。没过十秒钟,第二次门铃声又响了,随后是第三次。大门哗啦一声打开,有人走进门厅来,像马似的跺脚,冷得不住喘气,喷鼻子。

"见鬼!连皮大衣也没处挂!"女演员听见一个沙哑的男低音说,"她居然还是个名演员呢!一年有五千收入,可是连个像样的衣帽架都没有!"

"这是我的丈夫……"女演员想,皱起了眉头,"他好像还带着一个朋友来过夜。……讨厌!"

安宁消失了。等到响亮的擤鼻声和安放套靴的响声在门厅里停下来,女演员就听见她的卧室里响起了小心翼翼的脚步声。……这是她的丈夫,她的丈夫,丹尼斯·彼得罗维奇·尼基特金,走进来了。他身上发散着寒气和白兰地的气味。他在卧室里走了很久,沉重地喘息,黑暗中撞在椅子上,寻找什么东西。……

"喂,你找什么呀?"女演员呻吟道,这种骚动惹得她心里腻烦了,"你把我闹醒了。"

"我,亲爱的,找火柴。你……那么你没睡着?有人要我向你问好。那个……他叫什么名字来着?……那个生着红头发而且常给你送花的人,问你好。哦,他姓扎格沃兹德金。……刚才我到他家去过。"

"你到他家去干什么?"

"没什么事。……我们坐了一会儿,谈谈话……喝了点酒。不管你怎么想,娜达丽①,反正我不喜欢这个家伙。非常不喜欢!这样的蠢货天下少有。他是个富人,资本家,你一点也看不出,他居然有六十万的家当呢。钱对他来说毫无用处,犹如萝卜于狗一样。他不但自己不吃,而且也不给人家吃。钱是应该拿来流通的,可是他抓住不放,生怕它跑掉。……有资金却闲

---

① 法国人名,相当于俄国人名娜达丽雅。

放着,那有什么好处呢?闲置的资金跟杂草差不多。"

她的丈夫摸到床边,气喘吁吁的,在他妻子脚旁坐下。

"闲置的资金是有害的……"他继续说,"为什么俄国的企业江河日下?就是因为我们闲置的资金太多,怕借出去。……英国的情形就不一样。……在英国,伙计,就没有像扎格沃兹德金那样的蠢鹅。……在那儿每个小钱都在流通。……对了。……在那儿是不把钱锁在箱子里的。……"

"哦,很好。我要睡了。"

"我马上就说完。……我在说什么来着?对了。……在当前这个时代,就是把扎格沃兹德金绞死都嫌不解气。……他是个坏蛋,傻瓜。……简直是傻瓜。如果我向他借钱而没人作保,那连小孩子都看得出来,他丝毫也没有风险啊。他却不懂,这头蠢驴!他借出一万,就会收回十万。再过一年他会又得到十万!我央求他,跟他讲道理……可是他死也不借,蠢货!"

"我希望你不是用我的名义向他借钱!"

"哼。……这话可就怪了……"她的丈夫不高兴地说,"不管怎样,他宁可借给我一万,也不会借给你。你是女人,可我毕竟是个男人,办事的人啊。而且我对他提出的计划多么妙!那可不是一个气球,也不是什么空中楼阁,而是一桩事业,一本万利的事业!如果碰上个明白事理的人,单因为我出了这个主意就肯给我两万哩!要是给你讲一遍,就连你也能明白这个主意是怎么回事。只是你,那个……别张扬出去……千万千万。……不过,我好像已经对你讲过了。我对你讲过肠子的事吗?"

"嗯。……以后再谈吧。……"

"好像讲过了。……你明白是怎么回事吗?现在高级食品店和香肠店在当地买肠子,价钱贵。喏,肠子在高加索却不值钱,到处乱丢,要是把它运到这儿来,那么……你看会怎么样?那些香肠制造商会在哪儿买肠衣:在此地的屠宰场呢,还是在我这儿?当然是在我这儿!要知道我的卖价便宜九成!现在我们照这样来算一算吧:每年京城和别的大城市里都要买这种肠衣……就算是五十万副吧。这是最低限度了。好,如果……"

"你明天再讲。……以后再谈吧。……"

"对,这是实话。……你想睡了,对不起……我马上就走。……不管你怎么说,有了资金,无论你投放到哪儿去,到处都可以干一番事业。……有了资金,哪怕拿烟蒂做生意,也可以发一百万大财呢。……就拿你们的戏院事业来说吧。比方说,连托夫斯基①为什么会破产?很简单!他的事业从一开头就办得不对劲。资金没有,可是他不管三七二十一,硬要干。……应当先凑齐资金,然后再不慌不忙,一点一滴地干。……如今开办剧院,不论是私人经营或者合伙经营,都可以发大财。……如果上演好戏,票价又定得低,而且合乎观

---

① 莫斯科的一个剧团经理兼导演,隐庐饭店的承租人。——俄文本编者注

众的口味,那么头一年就能拿过十万来,塞进腰包去。……喏,你是不明白的,然而我说的是真话。……是啊,你也喜欢闲置资金,不见得比扎格沃兹德金那个小丑高明。……你自己也不知道为什么要攒钱。……你不听我的话,也不愿意听。……要是你把那些钱拿来流通一下,你就用不着跑码头了。……要知道,办个私人经营的剧院,一开头有五千也就够了。……当然,不能像连托夫斯基那么干,而要小规模地干,一点一滴地干。……剧院经理我倒已经物色了一个,我也看好了剧院的地点……就是没有钱。……要是你能明白,那你早就会拿出你那些年息五厘的各式各样证券和彩票了。……"

"不,谢谢[①]。……你搜刮我的钱已经很不少。……我受够了,我遭到过惩罚了。……"

"如果用女人的想法来论事,那当然……"尼基特

---

① 原文为法语。

金叹道,站起来,……"当然了!"

"我受够了。……好,你走吧,不要妨碍我睡觉。……你那些胡思乱想我已经听得腻烦了。"

"嗯。……是啊。……当然了!什么搜刮钱啦……什么打劫一空啦。……我们给人家的东西,我们倒记得住,我们拿到手的东西,我们可就记不住了。"

"我从来也没拿过你什么东西。"

"是这样吗?当初您还不是名演员的时候,是靠谁养活的?请容许我问您一句,是谁把您从贫困里拉出来,使您生活幸福的?这些您都不记得了吗?"

"得了,你去睡吧。快去,睡一觉就好了。"

"如果您觉得我喝醉了……如果在这样一个大人物心目中我卑不足道,那我可以干脆一走了事。"

"那你就走吧。这样才好。"

"我走就是。我已经够低声下气的了。我走就是。"

"哎呀,我的上帝!你倒是走啊!那我会高兴得很!"

"行。我们等着瞧吧。"

尼基特金暗自嘟哝了几句,一路撞在椅子上,走出卧室去了。随后从前厅里传来低语声、套鞋的沙沙声和开门声。她的丈夫认真怄了气,走了。

"谢天谢地,他总算走了……"歌唱演员暗想,"现在可以睡觉了。"她在昏昏睡去的时候,想着她的丈夫:他是个什么人呢?她这种苦恼是怎么来的?当初他住在切尔尼戈夫城,在那儿做一名会计。那时候他只是个普普通通的平民,而不是她的丈夫,人倒还本分:天天去上班,按时领薪俸,他的全部计划和奢望也只限于买个新的六弦琴,买条时髦的裤子,买个琥珀烟嘴而已。可是,自从做了"明星的丈夫"以后,他就完全变了。歌唱演员回想她初次告诉他,说她要登上舞台的时候,他很久都执意不肯,满腔愤慨,告到她父母那儿,把她从家里赶出去。她只好没征得他的同意就登上了舞台。后来他从报上和人们口中知道她有了大笔收入,才"原谅"她,丢下会计的职位,做了她的随从。女演员瞧着这个随从不由得纳闷:他是从什么时候起,在什么地方,养成了新的口味,学会了赶时髦,摆架子,装模作样?他是在什么地方养成了吃牡蛎①的胃口,喝各种勃艮第②葡萄酒的嗜好?是谁教会他装束入时,把头发梳得那么时髦,不叫她娜达霞而叫她娜达丽的?

"奇怪……"女歌唱家暗想,"以前他领到薪俸,往往藏起来,可是现在他一天花一百卢布还不够。以前他在中学生面前也不敢讲话,生怕讲得不得体,可是现在他甚至跟公爵们都混得很熟。……没出息的小人物!"

可是后来女歌唱家又打了个哆嗦:门铃声又在门厅刺耳地响起来。女仆嘴里骂着,气冲冲地趿拉着拖

---

① 一种名贵的菜肴。
② 法国的省名,当地盛产名贵的葡萄酒。

鞋,走去开门。又有人走进门来,像马似的跺脚。

"他回来了!"女歌唱家暗想,"到底什么时候才能让我安静呀?真可恶!"

女演员不由得冒火了。

"你等着就是。……我要叫你尝尝闹花样的味道!你给我走!我要叫你非走不可!"

勃罗宁娜跳起来,光着脚跑到小厅里,她的丈夫通常就在那儿一张长沙发上睡觉。她看见他在脱衣服,把衣服小心地放在一把圈椅上。

"你不是走了吗!"她说,用充满仇恨的亮晶晶的眼睛瞧着他。"那你为什么回来?"

尼基特金一言不发,光是呼哧呼哧地喘气。……

"你不是走了吗!请你马上就滚!马上!听见没有?"

她的丈夫不住地嗽喉咙,眼睛没有看着妻子,脱掉吊裤带。

"要是你这个厚皮鬼不走,我就走!"女歌唱家说,跺着光脚,两眼发亮,"我走!你听见没有?厚皮鬼……无赖,奴才!滚出去!"

"当着外人的面至少也该觉得难为情才是……"她的丈夫嘟哝说。

女歌唱家回头一看,这才瞧见一张她不认得的演员的脸。……那张脸见到女演员裸露的肩膀和光脚,窘得不得了,恨不得钻进地里去才好。……

"我来介绍一下……"尼基特金喃喃地说,"这位是内地的剧院经理别兹包日尼科夫。"

女歌唱家尖叫一声,跑回她的卧室去了。

"您瞧……"她的丈夫说,在长沙发上躺下来,"本来一切都太太平平。她满口亲爱的啦,乖乖啦,好人儿啦。……又是吻你,又是抱你。……只要事情一牵涉到钱,那么……您看得明白……钱可真是大事啊!……祝您晚安。"

过了一分钟,鼾声响起来了。

在 别 墅 里

"我爱您,您是我的生命,我的幸福,总之,是我的一切!请原谅我直言不讳,我没有力量再痛苦,再沉默了。我不求您以爱情回报,只求您怜悯我。今晚八时请到那个旧亭子去。……我认为写出我的姓名是多此一举,可是请不要因为我匿名而担心。我年轻,漂亮……此外您还需要什么呢?"

别墅的住客巴威尔·伊凡内奇·维霍德采夫,这个有妻子儿女而且老成持重的人,读完这封信,耸耸肩膀,纳闷地搔了搔额头。

"这是什么鬼把戏?"他暗想,"我是个结了婚的人,不料忽然来了这么一封古怪而……愚蠢的信!这是谁写的?"

巴威尔·伊凡内奇把这封信放在眼睛前面翻来翻去,又读了一遍,吐了口唾沫。

"'我爱您,'……"他讥诮道,"把我当成小孩子!我真就会一本正经跑到亭子里去找你啊!……我的小妞儿,这种浪漫的事情和恋爱之花①,我早就丢开不干了。……嗯,她一定是个瞎胡闹的、没出息的女人。……哼,这班娘们儿!她一定是个极其风骚的女人,才会给不相识的、而且成了家的男人写这样的信,求主宽恕我这么说吧!真正的伤风败俗!"

在八年的婚后生活里,巴威尔·伊凡内奇已经丢开细腻的感情,除了贺信以外从没收到过别的什么信,因此,尽管他在自己面前极力装得神气十足,上述那封

---

① 原文为法语。

信却还是惹得他张皇失措,心情激动。

收到信后过了一个钟头,他在长沙发上躺着,暗想:

"当然,我不是小孩子了,不会跑去赴这种荒唐的幽会①。可是话又说回来,我倒很想知道这信是谁写的。嗯。……看信上的字,毫无疑问,是女人的笔迹。……信也写得诚恳,说的是心里话,所以这未必是开玩笑。……多半是个变态心理的女人或者寡妇吧。……一般说来,寡妇总是轻狂、怪僻的。嗯。……这信会是谁写的呢?"

这个问题特别难于解答,因为在整个别墅区里,巴威尔·伊凡内奇除了妻子以外一个熟识的女人也没有。

"奇怪……"他纳闷地想,"'我爱您'。……不过她是什么时候爱上我的呢?怪女人!她就这么爱上

---

① 原文为法语。

了,突如其来,甚至没有跟我相识,也没弄清楚我是个什么样的人。……要是只见过两三次面就能爱上一个人,那她必是过于年轻,幻想太多。……可是……她是谁呢?"

忽然,巴威尔·伊凡内奇想起昨天和前天他在别墅区散步,有好几次遇见一个年纪很轻的金发女人,生着狮子鼻,穿着浅蓝色的衣服。娇小的金发女人不时瞟他一眼,临到他在长椅上坐下,她也在他身旁坐下。……

"莫非是她?"维霍德采夫暗想,"不可能吧!难道那个温柔①娇小的人儿能够爱上像我这样又老又乏味的鳗鱼?不,这不可能!"

吃午饭的时候,巴威尔·伊凡内奇呆望着妻子,暗自思忖道:

"她写道,她年轻漂亮。……可见她不是老太

---

① 原文为拉丁语。

婆。……嗯。……说真心话,凭良心讲,我也还不算老,不算难看,还没到叫人无法爱的地步。……我的妻子就爱我!再说,爱情是盲目的。……"

"你在想什么?"他妻子问他说。

"没想什么……有点头痛……"巴威尔·伊凡内奇撒谎道。

他暗自断定,如果理睬这封情书之类的无聊玩意儿,那是愚蠢的,他就嘲笑这封信以及写信的女人,然而,呜呼!人类的敌人①是强有力的。饭后,巴威尔·伊凡内奇在床上躺下,却没睡觉,暗自想道:

"要知道,她也许在巴望我去呢!她是个蠢娘们儿!可不是,我想象得出,她在亭子里找不到我,就会心乱如麻,急得腰衬②也会在裙子里颤动!可是我偏不去。……滚她的!"

---

① 指宗教传说中的魔鬼(的引诱)。
② 19世纪末西欧上层社会妇女用来垫在腰部,使裙子扩展,借以使体态丰盈的衬垫物。

不过,我要再说一遍,人类的敌人是强有力的。

"然而,出于好奇心或许也不妨去一趟……"别墅的住客过了半个钟头暗想,"去一趟,远远地看一下她是个什么样的人就够了!……瞧一眼倒满有意思的!那倒是个乐子呢!说真的,既然有适当的机会,何不逢场作戏呢?"

巴威尔·伊凡内奇从床上起来,开始穿衣服。

"你打扮得这么漂亮上哪儿去?"他妻子发现他穿上干净的衬衫,扎着时髦的领结,问他。

"没什么。……我想出去走一走。……有点头痛。……嗯。……"

巴威尔·伊凡内奇穿着停当,等到七点多钟就从家里走出去。他放眼望去,只见夕阳照亮的碧绿背景上,五光十色地点缀着许多消夏的客人,男男女女,打扮得漂漂亮亮,他的心就怦怦地跳起来。

"这当中哪一个是她呢?"他想,羞怯地斜起眼睛瞟着消夏的女人们的脸,"那个金发的小女人却看不到。……嗯。……如果信是她写的,那她一定在亭子里坐着呢。……"

维霍德采夫顺着林荫路走去。路的尽头,在高大的椴树的嫩叶后面,露出了"旧亭子"。……他慢腾腾地往那边走去。

"我远远地看一下就是……"他想,迟疑地往前走着,"咦,我为什么胆怯?我又不是去赴幽会!这个……蠢货!自管大起胆子走嘛!即使我走进亭子里去又有何妨呢?不过,算了……何必进去呢!"

巴威尔·伊凡内奇的心跳得越发厉害了。……他无意之中,忽然,不由自主地想象那亭子里半明半暗的情景。……他的想象里闪过那个身材苗条的金发小女人,生着狮子鼻,穿着浅蓝色衣服。……他暗自想象她怎样为她的爱情害臊,周身发抖,怯生生地走到他跟前来,呼吸滚烫……突然把他紧紧抱住。

"要是我没结婚,这倒也没什么关系……"他把那些有罪的想法从头脑里赶出去,暗想,"不过……这样的事一辈子也不妨经历一次,要不然可就白白地死掉,不知道这种事是什么味道了。……还有我的妻子……嗯,她会怎么样?谢天谢地,八年来我一步也没离开过她。……八年来规规矩矩,一点坏事也没做过!跟她也相处得够了。……甚至惹人厌烦了。……管它三七二十一,我偏要捣一下乱,对她变一回心!"

巴威尔·伊凡内奇浑身发抖,屏住呼吸,走到攀附着常春藤和野葡萄藤的亭子跟前,往里看一眼。……有一股潮气和霉味扑到他脸上来。

"似乎没有人……"他想着,走进亭子里,可是立刻看见角落里有个人影。……

从身体的轮廓看,那是个男人。……巴威尔·伊凡内奇仔细一瞧,认出那个人就是他的内弟,大学生米佳,如今在他的别墅里住着。

"啊,是你?……"他用不满的声调嘟哝道,脱掉帽子,坐下来。

"对,是我……"米佳回答说。

在沉默中大约过了两分钟。……

"请原谅我,巴威尔·伊凡内奇,"米佳开口说,"我请求您让我一个人待在这儿。……我在为候补博士论文构思……不管有谁待在这儿,都会妨碍我。……"

"那你到幽暗的林荫路上找个地方走一走……"巴威尔·伊凡内奇温和地说,"在新鲜空气里容易思考些,再者……那个……我想在这儿的长椅上睡一会儿。……这儿不那么热。……"

"您是要睡觉,而我是为论文构思啊……"米佳唠叨说,"论文重要得多。……"

接着又是沉默。……巴威尔·伊凡内奇这时候心猿意马,不时听见脚步声,他忽然跳起来,带着哭声说:

"哎,我求求你,米佳!你比我年轻,应当尊重我。……我不舒服,我……我想睡觉。……你走吧!"

"这是自私自利。……为什么一定得让您待在这儿而不能让我待在这儿呢?这可是原则问题,我不走。……"

"哎,我求求你!就算我是利己主义者,暴君,蠢货吧……可是我求求你!我一辈子只求你这一次!你尊重我吧!"

米佳摇头。……

"简直是畜生……"巴威尔·伊凡内奇暗想,"有他在场,幽会就搞不成了!有他在场可不行!"

"你听我说,米佳,"他说,"我最后一次求你。……你该表明你是个聪明的、有人道主义思想的、受过教育的人才是!"

"我不明白您为什么纠缠不休……"米佳耸起肩膀说,"我已经说过我不走,那我就不会走。这是原则问题,我留在这儿不走了。……"

这时候忽然有一张女人的脸,生着狮子鼻,往亭子里瞧一眼。

那张脸看见米佳和巴威尔·伊凡内奇,就皱起眉头,不见了。……

"她走了!"巴威尔·伊凡内奇暗想,恶狠狠地瞧着米佳,"她一瞧见这个混蛋,就走掉了。这件事全完了!"

再等了一会儿,维霍德采夫就站起来,戴上帽子,说:

"你是畜生,混蛋,流氓!对了!畜生!你下流,而且……而且愚蠢!我们的关系从此一刀两断!"

"好得很!"米佳嘟哝道,也站起来,戴上帽子,"您要知道,您刚才赖着不走,是故意跟我作对,这件事我到死都不会原谅您!"

巴威尔·伊凡内奇走出亭子,气得发昏,迈开大步,很快地往他的别墅走去。……就连看见摆好晚饭的饭桌,他也没消掉火气。

"好不容易一辈子碰上这么一次机会,"他激动地想道,"却给人破坏了!现在她一定觉得受了委屈……伤心极了!"

晚饭席上,巴威尔·伊凡内奇和米佳都瞧着各自的菜碟,阴沉地默默不语。……两个人都痛恨对方。

"你干什么笑嘻嘻的?"巴威尔·伊凡内奇对妻子发脾气说,"只有傻娘们儿才无缘无故地笑!"

妻子瞅着丈夫气愤的脸,扑哧一声笑出来。……

"你今天早晨收到一封什么信?"她问。

"我?……我什么信也没收到啊……"巴威尔·伊凡内奇发窘地说,"你想到哪儿去了……胡思乱想。……"

"嗯,是啊,你讲出来吧!你得承认,你收到了信!要知道,那封信是我寄给你的!我凭人格担保,信是我写的!哈哈!"

巴威尔·伊凡内奇脸涨得发紫,低下头去凑近菜碟。

"荒唐的玩笑。"他嘟哝说。

"可是有什么办法呢?你自己想一想。……我们今天得擦地板,可是怎样才能把你们从家里撵出去呢?只有这样的办法才撵得出去啊。……不过你也别生气,蠢材。……要知道,为了让你在亭子里不至于闷得慌,我也给米佳寄了那么一封信!米佳,你到亭子里去过了吧?"

米佳苦笑一下,不再满心痛恨地瞧他的情敌了。

识别上方二维码
免费收听契诃夫小说精彩片段